Töte nicht!

Du könntest den Falschen töten.

Richte Dich am Bösen auf und wachse
darüber hinaus!

FSC
www.fsc.org
MIX
Papier aus ver-
antwortungsvollen
Quellen
Paper from
responsible sources
FSC® C105338

Herstellung und Verlag:
BoD-Books on Demand, Norderstedt
ISBN: 978-3-7322-5703-4

Vorgeschichte

(Das elfte Gebot, Else Stratten, Persimplex 2014)

Wenn man das Gebäude der hiesigen Polizeibehörde betritt und die schweren Türen sich hinter einem geschlossen haben, beschleicht auch den ehrlichsten Bürger ein mulmiges Gefühl. Zur rechten in einem schußsicheren Raum sitzt ein Mann mit einem Lächeln auf den Lippen. Gutmütig blickt er jedem Besucher in die Augen. Hinter ihm türmen sich Berge von Post, das Telefon klingelt ununterbrochen. Doch sobald er spricht, scheint die Zeit stillzustehen. Sein rechter Arm hängt leblos neben dem Körper und ist dennoch ein Teil von ihm.

Auf die Frage nach dem Büro von Frau Stratten scheint er überrascht, was ein leichtes Zucken seiner Augenbrauen verrät.

„Mit dem Fahrstuhl in den dritten Stock, links den Gang entlang bis zum Ende. Auf der rechten Seite ist eine Glastür. Durch die gehen Sie ins Treppenhaus. Ein Stockwerk höher finden Sie drei Türen. Bei der zweiten Tür melden Sie sich an. Ihre Waffe schließen Sie bitte vorher ein. Die Schränke sind gegenüber."

Danach öffnen sich dem Besucher die Schiebetüren zur Halle.

Lautlos gleitet der Fahrstuhl in das oberste der drei Stockwerke, ohne, daß man eine Person zu Gesicht bekommen hätte.

Auch der Flur und das Treppenhaus sind menschenleer. Im fensterlosen vierten Stock schaltet der Bewegungsmelder das Licht an, bevor man die Glastür geöffnet hat und beleuchtet einen schneeweißen Flur mit einem dunkelblauen dicken Teppichboden. Kein Geräusch ist zu hören.

Auf das Klopfen an der zweiten Tür folgt ein kurzes Herein.

„Der Pförtner hat sie als Polizisten avisiert. Kann ich Ihren Ausweis sehen?"

Der Raum ist lichtdurchflutet. Die Sonne scheint auf den nach Süden ausgerichteten Balkon. Die Gardine vor der Terrassentür bewegt sich leicht im Wind. Bis auf einen Schreibtisch und wenige Regale ist der Raum leer. Die Tür links zur Kaffeeküche ist geöffnet, die gepolsterte Tür rechts verschlossen. Hier beginnt die Welt der Else Stratten.

Hier, hinter der gepolsterten Stahltür beginnt meine Welt. Eine Welt, die abgeschottet ist. Besucher gibt es hier keine. Nur Vermerke und Akten in feuerfesten Schränken, die wohl auch einen Bombenangriff überstehen sollen. Hier in den Schränken einer Behörde, die nirgends verzeichnet ist, liegt das Gewissen unserer Republik. Hier lagern die Fälle, die aufgeklärt worden sind - von mir - aber niemals zur Anklage kommen. Niemand wirklich zur Rechenschaft gezogen werden wird.

Ich war ausgewählt worden wegen meiner Herkunft, diesen Job zu machen.

Nachdem ich eine Erziehung durchlaufen hatte, um die mich jeder beneidete, einen Stammbaum nachweisen konnte, der selbst andere Adelige vor Neid erblassen ließ, saß ich jetzt in einem nicht existenten Büro und löste nicht existente Fälle, um abends nach getaner Arbeit mit dem Gehalt einer Kriminalkommissarin in meinem Häuschen in der Vorstadt auf der Terrasse den Sonnenuntergang zu genießen.

Während des Studiums begann ich über mich und mein Rechtsempfinden nachzudenken. Immer hatte es die Frage gegeben, meinten die Menschen, die ich kennenlernte, mich selber oder den Titel. Meinten sie mich oder das Geld, welches ich repräsentierte. Wollten sie mich benutzen, um Zutritt zu einer Welt zu gelangen, die ihnen sonst verschlossen blieb? Das alles führte dazu, das Mißtrauen gegenüber anderen immer mehr zu verstärken. Ich wollte nie zu diesen Kreisen gehören, nachdem mir bewußt geworden war, wozu ich wirklich gehörte. Im Namen der Krone, im Namen von König und Vaterland hatten meine Vorfahren ganze Völker ausgelöscht, Menschen, um ihr Leben betrogen, ihr Hab und Gut geraubt. Durch Inzucht waren Heerscharen an Marionetten in die Welt gesetzt worden, die meinten, über andere bestimmen zu können und ihre Arbeitskraft für sich ausbeuten zu können. Sklaverei war eine Erfindung des Adels. Reiche Väter brachten ihre Töchter in teuersten Privatschulen unter, um ihnen frühzeitig Kontakte zu ermöglichen, die später zu einer Heirat in Fürsten- und Königshäuser führen könnten.

Ich hatte aufgegeben, wofür andere töteten. Deshalb saß ich heute hier.

Nach einem kurzen Klopfen öffnete sich die Tür. Ein Mann, den ich nicht kannte, betrat den Raum und kam langsam auf mich zu.

Vor meinem Schreibtisch blieb er stehen, zog eine Waffe und schoß auf mich. Ich war sofort tot.

Nach meinem Tod setzte sich durch die Abmeldung meiner Daten im Computer eine Installation in Gang, die kurze Zeit später von allen Servern dieser Welt verbreitet wurde. Hier waren alle Fälle aufgelistet, die ich in den Jahren zuvor gelöst hatte.

Leider waren die Menschen inzwischen zu dumm, um zu verstehen, was dort zu lesen stand.

Fortsetzung

Die Beerdigung meiner Person war ohne viel Aufhebens – wie ich es erwartet hatte – von statten gegangen. Die Welt hatte mich bereits vergessen, bevor sie wußte, daß es mich überhaupt gegeben hatte. Dieses Gefühl verursachte trotz allem ein Ziehen in der Magengegend und ein Hauch von Trauer bemächtigte sich meiner für den Bruchteil einer Sekunde. Dann nahm das Leben wieder Besitz von mir.

Frühmorgens waren zwei Männer mit einer Urne auf dem Rasen des Friedhofes erschienen und hatten hier in der Erde der anonymen Gräber ein Loch ausgehoben, in die sie das unscheinbare Gefäß leise und ohne ein Wort des Gebetes versenkten, bevor sie schweigend und ohne Hast dem Ausgang zustrebten.

Ich hatte mich geschützt durch die Dunkelheit des frühen Morgens und den leichten Nebel, der wie ein Freund um die alten Bäume kroch, in der Nähe versteckt, um meiner Freundin ein letztes Geleit und ein stilles Gebet mit auf ihren Weg zu geben. Ich wußte, mein letzter Gruß, ein Gesteck aus weißen Rosen und Lilien, das Zeichen der Unschuld, welches ich auf die ausgestochene Rasensode legte, würde am frühen Vormittag entfernt worden sein, um die Anonymität dieses Urnenfeldes weiterhin zu gewährleisten. Ich war erstaunt, daß unsere Staatsorgane es nicht fertiggebracht hatten, die Reste eines ganzen Menschenlebens einfach wegzuwerfen.

Zielstrebig verschwand ich durch einen kaum benutzten Nebenausgang, ohne bemerkt zu haben, beobachtet worden zu sein.

Nach ein paar Tagen der Ruhe und Langeweile kehrte ich zurück in die Welt aus der ich gekommen war. Hier in dieser Oase unvorstellbaren Reichtums fällt das Fehlen eines Menschen, auch über Jahre hinweg, niemandem wirklich auf. Wer in diese unsere Kreise hineingeboren wurde, verbringt sein Leben auf der Sonnenseite. Geld spielt überhaupt keine Rolle, sobald man über einen entsprechenden Titel verfügt.

Ich will das an einem einfachen Beispiel erklären: Sie sind Eigentümer eines großen Hotels. Bei Ihnen meldet sich der König eines europäischen Landes an. Sie stellen ihm natürlich die besten Suiten zur Verfügung. In dem Augenblick, in dem Ihnen die Bestätigung der Buchung zugeht, können sie mit dem Gelddrucken beginnen. Es wird kein Zimmer geben, welches nicht - frei nach Hemingway „das schlechteste Zimmer im besten Hotel ist immer besser als das beste Zimmer im schlechtesten Hotel" - vermietet werden kann, weil jeder Mensch doch einmal in seinem Leben mit einer königlichen Hoheit den selben Aufzug wird teilen wollen. Dafür geben Menschen, die dazu gehören wollen, nun einmal ein Vermögen aus.

Der Mann von Zsa Zsa Gabor hat allein mit der Adoption reicher, aber titelloser Menschen ein Vermögen verdient. Erinnern wir uns auch an den legendären Konsul Weyer.

Als Hotelbesitzer werden sie einem Herrscherpaar niemals eine Rechnung zustellen. Wenn Sie es täten, würden Sie nie wieder ein Zimmer vermieten. Heiligendamm ist dafür ein Beispiel. Könige bekommen keine Rechnungen. Rechnungen schickt man dem Staat. Staaten zahlen die Schulden ihrer Königshäuser.

Das Milliardenvermögen der europäischen Königshäuser beruht zum großen Teil darauf, daß ihnen nie jemand etwas in

Rechnung stellte. Der Titel Hoflieferant garantierte ein regelmäßiges hohes Einkommen und den Zugang zu den ersten Kreisen; doch niemals wurde dem Hofe eine Rechnung vorgelegt. Die Zeche zahlten immer die anderen.

Die Werbewirksamkeit eines englischen Prinzen, der in einem ganz bestimmten Wagen seine Frau und seinen erstgeborenen Sohn, den zukünftigen König von England, aus der Klinik abholt, ist nicht zu ermessen. Die Firmen bezahlen, um ihre Autos fahren zu lassen.

Audi hat das bei den Fußballern von Bayern München praktiziert. Auch hier hat niemand Einspruch erhoben. Warum ein Herr Wulff hingegen sein Hotelzimmer in München nicht von einem Herrn Groenewold darf bezahlen lassen, verwundert. Der Steuerzahler, der ansonsten hätte für diese Rechnung aufkommen müssen, sollte über manch eine Entlastung im Angesicht leerer Staatskassen eigentlich dankbar sein. Um das Gewissen einer ganzen Nation zu beruhigen und zur Abschreckung wird man die Herren Glaeseker und Schmidt zur Verantwortung ziehen.

Dieser Tross der Reichen, Superreichen, Mächtigen reist ganzjährig durch die Weltgeschichte. Auf verschiedenen Wegen, zu unterschiedlichen Zeiten. Es gibt nichts, worum man sich selber kümmern muß. Rechnungen müssen nicht bezahlt werden, Termine nicht gemacht werden. Für jeden Handgriff, für jeden Atemzug gibt es Angestellte. Es ist ein Leben jenseits von Waschmaschinen, Lebensmitteleinkäufen und vollbesetzten Bussen bei vereisten Straßen. Für alles hat man seine Verbindungen. Um Steuern zu sparen ändert man Gesetze oder erläßt welche, um sich neue Einkommensquellen zu erschließen. Erst wenn man das verstanden hat, kann man nachvollziehen, warum es einem Menschen, in diesem Fall mir, möglich ist, für eine ganze Weile zu verschwinden, um dann wieder aufzutauchen. Man war halt diesen Sommer nicht in der Dominikanischen Republik, sondern auf einer Kreuzfahrt zum Pol und hat sich deshalb nicht zum Dinner beim Präsidenten treffen können.

Diese Welt besteht nur aus Eitelkeiten und Dekadenz. Kein gezeigtes Gefühl ist echt. Und in diesem Wahn der eigenen Größe finden sie sich immer wieder zu neuen Festen zusammen und stehen in großen Sälen vor überdimensionierten kristallenen Spiegeln. Doch sie sehen nie hinein. Wie die Vampire können sie ihr eigenes Spiegelbild nämlich gar nicht erkennen. Oder wie Hans Christian Andersen es in dem Märchen von des Kaisers neuen Kleidern ausdrückte: Ihre eigene Unsicherheit läßt sie den Blick für das Leben und die Wahrheit verlieren.

Hier war ich untergetaucht, wußte ich doch, man konnte nirgends so wunderbar unsichtbar werden, wie in vorderster Front der Aufmerksamkeiten. Von einem Michail Chodorkowski einmal abgesehen, der die Aufmerksamkeit eines Putin auf sich zog.

Mit der ersten Morddrohung, die ich schon früh erhielt, hatte meine Suche nach dem Wert und Unwert von menschlichem Dasein begonnen und ich beschloß, mich diesem Studium wieder einmal zu widmen.

Das Auto

Was den Menschen an sich ausmacht, ist ein starkes Zugehörigkeitsgefühl. Ein Mensch allein kann für sich keinen Wert ermessen. Menschen brauchen immer ein Gegenüber mit dem sie sich vergleichen, messen können. Ein Tier grenzt sein Revier gegen andere ab und herrscht dort allein bis sein Ende gekommen ist, bzw. die Kraft sich gegen den anderen durchsetzen zu können, erloschen ist. Die Faszination der Sendung Bonanza beruhte auf der Macht der Ponderosa, sich gegen andere abgrenzen zu können und alleiniger Herrscher in seinem eigenen Revier zu sein. Der Traum eigentlich eines jeden Tieres. Der Mensch im Gegenteil dazu braucht sein Gegenüber, um sich selber wahrnehmen zu können. Ein Tiger, ein Luchs, ein Gepard braucht das nicht. Er ruht in sich selber. Er nimmt sich selber wahr. Menschen agieren immer im direkten Vergleich zueinander. Für sie ist immer der andere mehr wert, es gelingt ihm niemals eine ausgeglichene Stufe zu erreichen. So reich er auch immer sein mag, es gibt jemanden, der reicher ist. Wir erleben das immer wieder bei Walt Disneys Onkel Dagobert. Ist der andere mehr wert? Ist er reicher? Ist sein Frau schöner? Sind seine Kinder klüger? Ist sein Haus prächtiger? Wie erreiche ich einen höheren Stellenwert? Woran messe ich mich? An der Größe, der Schönheit, der Schnelligkeit?

Wir lieben Sportler, weil sie es verstehen, sich gegen sich selber durchzusetzen. Das wäre uns viel zu anstrengend. Wir lieben es, wenn sie tödlich verunglücken. Genügt es uns doch als Ausrede, ihnen nicht nachzueifern. Von Fürst Albert einmal abgesehen, der im Viererbob mitfuhr. Wobei die Formulierung „mitfuhr" es am ehesten trifft. Bis zur Teilnahme an einer Olympiade ist außer ihm niemand aus der Oberschicht gekommen, da man sich sonst selber hätte verausgaben müssen. Alles andere hatte ihm sein Vater schon mitgegeben: Macht, Stellung, Reichtum. Und so blieb ihm nur die Teilnahme an einer Olympiade, bei der er meinte, er selber zu sein und nicht nur eine Rolle zu spielen wie sonst in seinem Leben. Alle Menschen, die es zu Etwas gebracht haben, spielen immer nur eine Rolle. Immer, außer im Streit. Ein ganz einfaches Beispiel: Bei der Schaffung eines neuen Baugebietes hatte der Verkäufer der Grundstücke bewußt auf Bürgersteige verzichtet und eine Spielstraße geplant, um die wertvollen Grundstücke nicht für wertloses Erschließungsland zu verschwenden. Natürlich alles im Rahmen der gesetzlichen Vorgaben. Nun war es so, daß Bauland, wie auch heute noch, extrem knapp war und sich nur diejenigen dort ein Stück Land kaufen konnten, die finanziell relativ gut abgesichert waren. Lehrer, Selbständige, höhere Beamte, wohlhabende Rentner, Ärzte. Niemand aus wirklich reichem Elternhaus, der bereits Vermögen im engeren Sinn mitbrachte. Nein, normale Leute, die den Bausparvertrag der Eltern bekamen, die meinten, ihre Kinder sollten es später einmal besser haben als sie selber.

Mit dem Bau der Spielstraße war die Einsparung der Bürgersteige verbunden und eine nur begrenzte Zahl von Parkplätzen, die lediglich als Besucherparkplätze ausgewiesen waren. Das bedeutete, die Anwohner hätten für ihre Autos eigene Stellplätze vorhalten müssen.

Jetzt ist der Mensch an sich nicht an ein Auto gebunden, doch brachte es die Evolution so mit sich, daß nur derjenige Überlebenschancen hatte, der sich fortbewegen konnte.

Fortbewegung hieß im menschlichen Hirn Flucht. Flucht vor Natur, Flucht vor Freßfeinden, Flucht vor dem Stärkeren. Das Auto an sich hat für uns heute einen extremen Stellenwert, weil es alle diese Komponenten der Fluchtmöglichkeiten erfüllt.

Dazu kommt, daß das Auto auch ein Statussymbol ist, einen Wert darstellt, unseren Narzissmus befriedigt und eine Abgrenzung zu anderen schafft. Erst wenn wir im Stau stehen, begreifen wir Auto auch als Gefängnis, dem wir nicht entrinnen können. So erklärt sich die Angst vieler, die ein Innehalten nicht oder nur schwer ertragen können, wenn die Blechlawine zum Stillstand gekommen ist.

Wir lieben Schumacher weil er ein Auto fährt, welches wir uns niemals leisten könnten. Wir fahren mit, wenn er fährt. Wir entfliehen der Zeit, wenn er entflieht. Jetzt hat ihn seine Flucht zum Behinderten werden lassen wie eine Monika Lierhaus eine Krankheit.

Krankheit bringt uns immer an die eigenen Grenzen, denn wir sind nicht mehr voll funktionsfähig. In der Krise Krankheit steckt im Normalfall die Kraft der Genesung. Nur die wenigen Menschen, die Hypochonder, die sich in ihre erdachten Krankheiten flüchten, sind im Grunde nicht lebensfähig. So denken wir normalerweise. Doch dieser Gedanke ist falsch. Denn der Hypochonder ist derjenige, der sich in alle Krankheiten flüchtet, die ein Mensch ausmerzen muß, um als Krone der Evolution weiterleben zu können. Der alte Witz: „Herr Doktor der Hypochonder aus Zimmer 12 ist gestorben!" „Nun übertreibt er aber wirklich!" ist dem Grunde nach falsch. Ein Hypochonder will nämlich alles, nur nicht sterben!

Der, der die Krankheit als Flucht aus dem Leben versteht, da er den Anforderungen des Lebens nicht gewachsen ist, ist der wahre Feind der Evolution. Leider ist er jedoch der Lieferant der Milliardengewinne der Pharmaindustrie und wird so künstlich am Leben gehalten.

Wir streben nicht nach Glück und Zufriedenheit im Leben. Wir wollen Geld verdienen und uns gegen die anderen abheben. Wenn wir dann krank danieder liegen und feststellen, feststellen müssen, das gegen Krankheit kein Kraut gewachsen ist, ist es zur Umkehr zu spät.

Wir können auch nicht erkennen, daß Geld Krankheit nicht verhindert. Krank werden anscheinend immer nur die anderen. Wir sehen nur was wir sehen wollen: Die Königinmutter, die glückselig ihren Gin schlürfend über hundert Jahre alt geworden ist. Die englische Königin, die nicht sterben will. Selbst ein niederländischer König, der vielleicht mal an Depressionen erkrankte. Aber ist das wirklich schlimm? Eine japanische Prinzessin, zu Lebzeiten schon gottgleich, ist lediglich mit Panikattacken behaftet, die ihr nicht einmal erlauben in den eigenen Palastwänden zu existieren, finden wir nicht wirklich krank, überwiegt doch der sie umgebende Glanz der Unsterblichkeit und das Überdauern des Todes in den Geschichtsbüchern der Zeit. Erst wenn die Probleme der Anpassung und Entwicklung in unserem eigenen Umfeld auftauchen und wir uns nicht freikaufen können, werden sie zur krankhaften und krankmachenden Besessenheit.

Damit komme ich zum Beispiel zurück. Die an sich den Gästen vorbehalten Parkplätze wurden natürlich mißbraucht für eigene Zwecke.

Niemand ist so dumm, das eigene Land für das er teuer bezahlt hat, für einen sinnlosen Parkplatz auszugeben und so stellt man das eigene Gefährt, in diesem besonderen Fall das alte betagte Auto welches man für die Einkaufsfahrten seiner Frau vorhält und womit man nicht wirklich Eindruck machen könnte, natürlich auf die Straße. Wohingegen man das eigene teure Mercedes Cabrio selbstverständlich auf dem eigenen

Grundstück parkt und sich nach dem Kauf eines solchen Wert- und Lustobjektes genötigt sieht, die, das Auto umgebende, Garage aufzuräumen.

Autos, die man nicht benötigt, zum Beispiel wenn man einkaufen möchte, sind dann nämlich das Gegenteil von Freiheit und Fluchtmöglichkeit, sie werden zum Klotz am Bein. Wer jemals an einem Sonntagnachmittag versucht hat sein Auto an der Strandpromenade zu parken und vergeblich Kilometer um Kilometer zurücklegte, um dieses Ding irgendwo abstellen zu können, mit seiner nörgelnden Familie auf den Sitzen, die einen für unfähig hält das Leben zu meistern, weiß, wovon die Rede ist. Dieses ungeliebte Gefährt stellt man dann auch nicht vor die eigene Haustür, sondern möglichst vor die des Nachbarn.

Nun ist kein Nachbar, der teures Geld für das eigene Grundstück bezahlt hat und Erschließungskosten für eine Straße mit Besucherparkplätzen bezahlt hat, besonders glücklich wenn das alte klapprige Auto der Nachbarn jahrelang vor seiner Haustür abgestellt wird, noch dazu ohne jemals benutzt zu werden.

Alle Versuche, eine Solidargemeinschaft zu schaffen, in der jeder dasselbe Recht und dieselben Pflichten hat, nämlich die Schaffung von genügend Parkraum auf dem eigenen Grundstück, scheiterten. Die Bitte um Hilfe bei der Staatsmacht, in diesem Fall dem Ordnungsamt, scheiterte ebenso. Der einzige Rat, der erteilt wurde war, „schaffen sie sich doch ebenfalls ein zweites Auto an und stellen sie dieses Auto auf den Parkplatz". Gesagt, gemacht, getan.

Jetzt wurde ein zweites Auto extra vorgehalten, um einen Parkplatz, der eigentlich andere Zwecke erfüllen sollte, angeschafft, um einen Parkplatz zu blockieren, den man dem

Grunde nach nicht benötigte. Aber es schuf erst einmal eine ausgeglichene Machtposition.

Nun ist das Leben ungerecht, denn es verändert sich ständig und fordert das Problem der Anpassung. Die Solidargemeinschaft mußte sich ebenfalls neuen Gegebenheiten anpassen, die erst im Nachhinein ein Umdenken nach sich zogen.

Einer der Bauherren hatte sein Leben und sein Haus aus einem momentanen Bedürfnis heraus angeschafft. Er hatte es in einem Sabbatjahr, in dem er von seiner Lehrtätigkeit auf Kosten des Steuerzahlers freigestellt worden war, selber gebaut. Die Parkplatzsituation hatte er seinem Haus derart angepaßt, daß es für ein zweites Auto definitiv keinen Platz auf dem ach so teuer erkauften Grundstück gab. Jetzt wiederum machte der wegbrechende Arbeitsmarkt auch vor einen verbeamteten Lehrer nicht halt und ein zweites Auto mußte angeschafft werden. Jetzt eskalierte die Parkplatzsituation durch den versperrten Parkplatz erneut. Im Übrigen nur einer von sechsen, von denen fünf generell frei standen, was die ganze Situation noch absurder erscheinen ließ. Im Kopf des Lehrers nahm dieser Parkplatz immer größere Ausmaße an. Es mußte ausgerechnet dieser Parkplatz sein, den es zu besetzen galt. In einem nicht enden wollenden Teufelskreis in seinem Kopf brach sich der Wahnsinn Bahn und er erklärte innerhalb seiner Familie den Krieg um diesen Parkplatz.

Nachdem er völlig von Sinnen eines Tages den Nachbarn auf der Straße überfuhr und mehrmals überrollte verurteilte ihn der Richter wegen Mordes und nicht wegen Totschlags im Affekt und wies ihn zusätzlich in die geschlossene Psychiatrie ein.

Das Forsthaus

Mit dem Ende des Zweiten Weltkrieges hörte auch der Hunger in Westdeutschland langsam auf zu existieren.

Eine freie Markwirtschaft und ein Grundgesetz welches seinesgleichen suchte, der Wille zum Überleben und vielleicht auch das schlechte Gewissen, Millionen von Juden vergast zu haben, verbunden mit der deutschen Gründlichkeit und Disziplin, der zum Teil damals noch vorhandenen Rechtschaffenheit, begann man aus Schutt und Trümmern eine neue heile Welt zu schaffen. Weit entfernt damals noch zum Roman Brave New World von Aldous Huxley, der inzwischen dank der niemals enden wollenden Ausbeutung der Menschheit durch die Amerikaner, Wirklichkeit geworden ist.

Menschen hausten in den Städten in Erdlöchern und Bretterverschlägen. Man konnte nur retten, was man auf dem Leibe trug. Selbst eine geklaute Kartoffel konnte nicht gekocht werden, da es weder fließend Wasser gab, noch Töpfe und Herde. Die Sendung mit der Maus hat uns eindrücklich aber nicht theatralisch geschildert, was der Verlust eines Tellers bedeuten konnte: Den Hungertod. Ohne Teller konnte man keine Suppe auffüllen und somit nicht essen. In der heutigen Zeit verfügen wir über Herde, Öfen, Töpfe, Teller, Bestecke zum Teil im Überfluß, haben aber nicht mehr das Geld, diese mit Speisen zu füllen. In der Vorweihnachtszeit sammelte der Norddeutsche Rundfunk Spenden für die Tafeln in Norddeutschland. Man erfuhr, daß es Schulspeisungen gibt für Kinder, die morgens ohne ein Stück Brot zur Schule geschickt worden sind, weil es Zuhause keine Lebensmittel gibt und die dann im Unterricht vor Entkräftung umfallen.

In England gibt es eine eigene Küche mit eigenen Köchen und Personal, die für die Zubereitung der Speisen für die Hunde ihrer Majestät tätig sind und aus Steuergeldern bezahlt werden, während in Indien, Teil des englischen Commonwealth, Näherinnen für den Hungerlohn von sechzig Euro Jahreseinkommen, Wäsche für Nobelmarken wie adidas oder Mittelstandsware wie H&M oder Billigware für Aldi und Lidl produzieren.

So hat der Hunger die einen zum Wiederaufbau getrieben und macht die anderen abhängig von Ausbeutung durch Billigjobs.

Essen muß der Mensch immer und nicht umsonst entstand der Satz: Wer nichts wird, wird Wirt. Kneipen öffneten mit Gläsern voller Soleier und Frikadellen unter Pergamentpapier. Tanzcafés entstanden. Ausflugslokale wurden wiederbelebt, die man an Sonntagnachmittagen zu Fuß mit Kind und Kegel erwanderte. Die Zahl der Autobesitzer war noch eine Minderheit. Eines dieser Häuser war das renommierte geschichtsträchtige Forsthaus am See.

Mitte der neunziger Jahre des letzten Jahrhunderts, also vor knapp zwanzig Jahren kaufte ein Norderstedter Gastronom, der mit Imbißbuden und Tennishallenbars zu etwas Geld gekommen war, aber in seinem Leben sonst nichts gelernt hatte, dieses Lokal für `n Appl und `n Ei von der Forstverwaltung, die froh war, es los zu sein. Hier sollten sich die Träume von der ganz großen Gastronomie erfüllen. In seinen Träumen spielte eine Person ein ganz spezielle Hauptrolle, der Sohn. Der Sohn als Koch, der Sohn als Sternekoch, der Sohn über die Landesgrenzen berühmt für seine Kreationen.

Nun ist das mit den Träumen wie mit den Wünschen, sie erfüllen sich halt nicht immer.

Zwar war der Sohn ein gelehriger Schüler gewesen, er hatte eingesehen, daß man im Gegensatz zu seinem Vater heutzutage eine Ausbildung benötigt und war Koch geworden, doch er hatte sehr schnell bemerkt, daß dieses mit geringer Anstrengung verbunden war, wenn man sich auf das Mittelmaß des Lernens beschränkte. Des Weiteren hatte er gelernt, daß die Cola, die man im Laden nebenan für eine Mark gekauft hatte, auf fünf Gläser im Imbißverkauf neun Mark brachte und somit einen Gewinn von acht Mark ausmachte, den man keinesfalls dem Finanzamt mitteilen durfte, welches so dumm war, den Erlös anhand der regulär eingekauften Waren zu ermitteln. Diese beiden Charaktereigenschaften wären noch zu verschmerzen gewesen, hätte der Sohn nicht eine an Dummheit und schlechtem Geschmack kaum zu übertreffende Frau geheiratet und mit ihr zwei Kinder bekommen, von denen der Sohn die mathematischen Fähigkeiten des Vaters erbte und die Tochter die Dummheit und Häßlichkeit der Mutter. Mit großen Zielen war der Alte gestartet und ließ nichts unversucht, das Haus in den gastronomischen Himmel zu erheben. Für diesen Traum hatte er alles verkauft, alles verpfändet, was er so mühsam mit dem Verkauf von Coca Cola erwirtschaftet hatte. Sein Mehrfamilienhaus in der Landeshauptstadt und seine eigene Villa am See fielen nach und nach in die Hände der Banken, die ihm anfangs so bereitwillig mit Hypotheken unter die Arme gegriffen hatten. Und er konnte sich den Rückgang der Gästezahlen lange Zeit nicht erklären, bis er eines Tages, verarmt, abgemagert und unerkannt in einem Imbiß saß und dem Gespräch am Tresen lauschte.

„Mensch, Dich habe ich ja lange nicht gesehen! Seit wann arbeitest Du hier?" „Och, schon `ne ganze Weile. Mutti hat ja damals im Forsthaus ihren Job verloren, wo sie über zehn Jahre gearbeitet hat. Da mußte ich die Schule abbrechen und arbeiten." „Deine Mutter ist dann in die Privatinsolvenz gegangen wie die Ex-Juniorchefin von dem Laden?" „Ja." „Na ja, war ja auch kein Wunder, so wie die immer über den Laden und ihren Schwiegervater herzog. Und wie sie damit angab, wen sie wie betrogen hatten." „Wieso?" „Sie haben Tiefkühlware als Frischfleisch deklariert und wenn sie die teuren Filets nicht verkauften, haben sie sie wieder eingefroren." „Ja, aber das machen doch alle." „Ja, aber die reden nicht drüber mit ihren Gästen. Dabei sind sie gut gestartet. Mit dem Kauf des Pferdes hatte sie Zugang zur Reiterlichen Vereinigung, zu den Rotariern, zur Schützengilde usw. Aber die hören nicht so gerne, daß sie betrogen worden sind. Und was hat sie sich lustig gemacht über ihre Gäste. Peinlich ist das stellenweise gewesen. Die Freundin von ihr, die ihre Trauung dort gefeiert hat und sich für diesen besonderen Tag ein besonderes Essen ausgesucht hat. Sie wollte essbare Blumen in den Speisen und als Tischdekoration. Sie haben ihr das zwar in Rechnung gestellt, fanden es aber affig und haben es nicht geliefert." „Meine Schwester hat da ihren Geburtstag gefeiert und sie sind ihr preislich nicht einmal entgegengekommen, obwohl Mutti da so lange gearbeitet hat." „Ja das paßt. Am Schluß haben sie sie zum Essen machen in die Küche geschickt, weil sie im Service nicht mehr tragbar war. Den hat dann ihr Mann übernommen, weil kein Mensch mehr zum Essen gekommen ist. Mein Mann war mit seiner Herrenrunde einmal da und wurde um neun Uhr verabschiedet, weil man schließen wollte. Außer ihnen war keiner da. Die sind nie wieder hingegangen. Schon gar nicht als ich ihm erzählte, daß sie beim Bäcker 6 Stück Blechkuchen für

den Reiterhof gekauft hatte. Da hatte aber keiner Hunger auf das trockene Zeug. Dann stand der Kuchen zwei Stunden in der dreckigen Reiterhofküche. Das Papier hatte sie schon ins Altpapier gepackt. Als dann alle gingen, ohne den Kuchen gegessen zu haben, holte sie das Papier wieder raus, packte den Kuchen ein und sagte, den nähme sie mit, den könne sie nachmittags noch ihren Gästen verkaufen." „Igitt." „Ich weiß nicht, wie viele Geschichten wir ertragen mußten, es gab ja niemanden, den sie nicht beschissen haben. Genauso wie die Leute, die bei ihr ihre Sachen verkaufen lassen wollten. Sie war ja irgendwie Verkäufer bei ebay. Mich hat das u. a. eine nagelneue Vollbesatzreithose im Wert von achtzig Euro gekostet. Die hat sie verkauft, aber ich habe nie das Geld gesehen. Die Reithosen meiner Tochter hat ihre Tochter aufgetragen und danach hat sie sie noch bei ebay verkauft. Auch dafür habe ich nie einen Cent gesehen. Hör mir auf mit denen. Die waren stolz auf alles was sie gemacht haben."
„Aber das Café am Strand lief doch anfangs gut." „Ja, weil sie den Verkäufer um fünftausend Euro betrogen haben, die sie von der Kaufsumme einbehielten. Nee, die haben nur betrogen und sind zu Recht pleite gegangen. Und immer wieder vor dem Personal das Gerede über ihren Schwiegervater, der sie nicht leiden konnte und immer drangsalierte. Am Schluß hat die Frau doch keiner mehr ernst genommen."
Unbemerkt war der alte Mann aufgestanden und gegangen.
Ein paar Tage später fand das Gespräch seine Fortsetzung.
„Hast Du schon gehört? Die Ex-Chefin Deiner Mutter ist bei einem Reitunfall verunglückt. Sie soll sich den Hals gebrochen haben, als der Gaul im Wald durchgegangen ist. Das arme Tier kam völlig panisch und schweißgebadet in vollem Galopp zum

Reiterhof zurück. Daraufhin sind sie sie suchen gegangen. Sie war aber schon tot, als sie sie gefunden haben. Wer weiß, wovor sich das Tier erschrocken hat."

Rotary

Nichts ist süßer als die Jugend, denn sie erinnert uns an die eigene Vergänglichkeit und an das Altern.

Die eigene Jugend ist nur ein Wimpernschlag in unserem Leben und vorbei, bevor wir selber sie eigentlich begriffen haben. Mit elf Jahren, wenn die Frau erwacht im noch kindlichen Körper weckt sie Gefühle bei den alten Männern.

Ich kann mich noch erinnern an einen Abend bei Freunden, bei dem das Gespräch zu späterer Stunde einen Verlauf nahm, der mir heute noch denselben Ekel bereitet, wie ich ihn damals empfunden habe.

„Wenn unsere Kinder in die Pubertät kommen, dann werden sie ihre ersten sexuellen Erfahrungen mit uns machen. Niemand kann sie auf diesem Weg so begleiten wie die eigenen Eltern."

Ich schob eine Migräne vor und verschwand aus diesem Haus, welches ich ebenso wenig wiedergesehen habe wie ihre jung verheirateten Besitzer.

Sexualität treibt merkwürdige Blüten.

In Banda Aceh trieben noch die Leichen der Tsunami- Flutopfer im Wasser, als die Menschenhändler schon die verwaisten Kinder auf den Straßen einsammelten, um sie den Pädophilen dieser Welt anzubieten und sie meistbietend zu verkaufen. Je jünger die Kinder, desto höher der zu erzielende Preis.

Wenn Krieg früher in wenigen Köpfen noch das Gute hervorbrachte, Schindlers Liste, Stauffenberg, so ist es heute vorwiegend der Kriegsgewinn, der die Katastrophen antreibt.

Geldanlage lohnt nicht mehr, die Garantieverzinsungen auf Lebensversicherungen sind auf dem Weg ins Nichts zu fallen; Risikoanlagen bringen Zockern das große Geld. Rüstungsverkäufe, u.a. deutsche Panzer für ein Regime wie

Saudi Arabien, lassen die Kassen klingeln. Mit dem Hunger steigen die Aktien der Deutschen Bank, die auf Lebensmittelpreise wetten, nachdem mit dem Fälschen von Zinssätzen wie dem Libor kein Geld mehr zu verdienen ist. Firmen, die sich für den Wiederaufbau bereit machen, verzeichnen steigende Aktienkurse, während USA und Rußland noch dabei sind, die Regierung wie die Opposition mit ihren alten Waffenbeständen zu versorgen oder Ländern wie Ägypten großzügig Milliardenhilfen zukommen lassen für Rüstungskäufe. Erst wenn ein Land völlig zerstört ist, bringt der Aufbau das meiste Geld. Bis dahin sind die großen Organisationen die Kriegsgewinnler, denn mit dem Mitleid und vor allem mit der großzügigen den Steueranteil senkenden Spendenquittung lassen sich die Kassen füllen, um dann den Hauptanteil der Kosten für das eigene Gehalt, die Verwaltungskosten zu verwenden. Nur selten wird ein Skandal wie bei Greenpeace, den Grauen Panthern oder UNICEF öffentlich. Und niemand hat es Heide Simonis gedankt, daß sie den Betrug aufklären wollte.

Nachdem der große Mißbrauchsskandal in Portugal unter den Teppich gekehrt worden war, zu viele einflußreiche Menschen waren an den jahrelang herrschenden Verhältnissen in Waisenhäusern involviert, und Schloß Salem seinen Ruf wieder hergestellt hat, die Kirche auf das Vergessen der Menschen gesetzt hat, die Kinder der Flutopfer tot oder erwachsen geworden sind, kommt der Nachschub heute aus den syrischen Gebieten.

Kinder sind wie Tiere den Erwachsenen auf Gedeih und Verderb ausgesetzt. Sie haben noch keine Moral. Sie können sich nicht wehren. Sie kennen nicht falsch und richtig. Alles, was sie im Leben lernen und erreichen könnten, stirbt mit dem

Mißbrauch an ihnen. Die einen zerbrechen daran und bleiben zeitlebens Opfer, die anderen versteinern in ihren Emotionen. Beides nimmt der den Mißbrauch Ausübende billigend in Kauf. Schlimmer noch, die Eltern, die auf Schloß Salem mißbraucht worden sind, haben ihre eigenen Kinder denselben Lehrern zugeführt, von denen sie selber vergewaltigt worden sind.

An wen soll ein Kind sich wenden? Die Schule? Viele Lehrer kommen aus der Szene. Schon als Kind erfuhr ich, wer in Thailand seinen Urlaub verbrachte, ohne diese Tatsache zuordnen zu können. Und das ist über vierzig Jahre her.

Aids hat die Sache nicht besser gemacht, sondern eher schlimmer. Aussagekräftig ist jedoch die Tatsache, daß an einem Mittel gegen die HIV-Infektion wesentlich mehr Gelder aufgewandt werden, als je in die Krebsforschung gesteckt wurde. Und das alles nur, weil sich ein Mensch beim Sex mit einem Affen mit diesem Virus infizierte.

Aids hat jedoch vermutlich dazu geführt, die eigenen Kinder zu mißbrauchen, da man sich hier relativ sicher vor Ansteckung sein konnte. Genauso wie man sich sicher vor Verfolgung sein kann, da mit der Bekanntmachung des Mißbrauchs das Kind seine eigene Ausgrenzung manifestiert. Das Vergewaltigungsopfer ist immer das Opfer in doppelter Hinsicht und hat sein Anrecht auf Teilnahme auf immer verspielt. Es bleibt gebrandmarkt.

Des Weiteren kann man sich in den Kreisen, die ungestraft fremde oder eigene Kinder mißbrauchen, sicher sein, Zeit seines Lebens finanziell gut versorgt zu sein. Bei den anderen erwächst hieraus das Material für Straßenstriche und Bordelle. Die einen sammeln Erfahrungen mit häufig wechselnden Geschlechtspartnern, die anderen treiben sich rum. Die Moral der Menschen ist so vielschichtig wie die Höhe ihrer Bankkonten.

Wichtig ist beim Mißbrauch zu bedenken, der Selbstschutz. Nicht umsonst werden Logen, Zirkel und Vereine gegründet. Die Vernetzung mit den oberen Gesellschaftsschichten ist der Garant für eine straffreie Zukunft, denn bereits die Mitwisserschaft ist strafbar. Und so werden für Ehefrauen die eigenen Zirkel geschaffen, in denen sie dann zu mindesten unter selben sind, denn gleich und gleich gesellt sich gern.

Hier bricht niemand aus, auch wenn man den Verfall der eigenen Kinder vor Augen hat. Die Älteste hatte nicht das Zeug, dem Vater zu widerstehen, die ist mit ihren großen Kuhaugen, die jeden um Hilfe anschrien, daran zerbrochen. Das zweite Kind war Gott sei Dank ein Sohn. Homosexuell war der Alte nicht. Der Sohn flüchtete sich in Taizé und Kirche. Aber dann kam noch die Kleine. Zwei Mädels hatte man geboren, bevor man das Monster erkannte, welches man geheiratet hatte. Da war es zu spät. Die gesellschaftliche Vernetzung unter „Freunden" war weltweit. Es wurden sogar Kinder aus anderen Erdteilen geschickt. Man konnte ja nur froh sein, wenn es sich um Jungen handelte, die im eigenen Haus unangetastet blieben. Und die Kleine kam wunderbar damit zurecht. Wurde früh zur Kindfrau und spielte bereits mit zwölf Jahren die Rolle der Ehefrau des eigenen Vaters. Die Verbindungen desselben öffneten ihr alle Türen, sein Geld ihr jeden Luxus.

Nachdem durch eine Indiskretion bekannt wurde, die Ehefrau würde im Todesfall leer ausgehen und sämtliches Vermögen dem jüngsten Kind zufallen, war sie damit der Altersarmut preisgegeben war, da sie zu Ehezeiten keiner Tätigkeit nachgegangen war, sie der Gütertrennung zugestimmt hatte und das Erbe ihrer Eltern längst auf den Konten ihres

Ehemannes lag, zu denen sie keinen Zugriff hatte, schüttete sie ihm eines Tages Ketamin in den abendlichen Drink und ließ die Zigarette, an denen er sich wie ein Säugling ständig festhielt, auf die Baumwolldecke fallen, die sich nach wenigen Augenblicken entzündete. Danach verließ sie das Haus und ging zu Freunden.

Der Immenhof

Schimpfwörter entlehnen wir nur allzu gerne aus der Tierwelt: Dumme Kuh, blöde Ziege, fette Gans. Wobei festzustellen ist, die negativ besetzten Schimpfwörter gelten vorwiegend dem weiblichen Geschlecht. Wohingegen der schlaue Fuchs oder der schnelle Panther die männlichen Vorzüge beschreiben sollen. Ansonsten herrschen wir auf dieser Welt frei nach dem juristischen Grundsatz, das Tier sei eine Sache, denn sonst dürften wir es nicht essen, oder wem das besser gefällt, dem christlichen Glauben nach, das Tier sei dem Menschen Untertan. Als irgendwelche gottlosen aber schreibwütigen Menschen die Bibel schrieben, um ganze Heerscharen von Völkern in Kreuzzügen angeblich unterwerfen zu dürfen und auf Jahrtausende eine Geldquelle sich erschlossen, natürlich alles im Namen des Heiland, den selbst der erste Astronaut im Himmel nicht finden konnte, konnte selbst der futuristisch denkende Mensch nicht ahnen, daß damit eine Ausrottung sämtlichen tierischen Lebens folgen würde. Letzte Genpools wurden noch in geheimen Laboren für die Zukunft einer an Reichtum nicht zu überbietenden Minderheit von Menschen vorgehalten. Während in amerikanischen Laboren längst die Viren bereitstehen, die den weitaus größten Teil der Menschheit ausrotten sollen, Pandemie genannt, haben sich einige wenige Ausgewählte für viel Geld längst das Gegenmittel besorgt.

Während Milliarden an menschlichen und möglicherweise tierischen Kadavern die Luft verpesten, wartet diese sich für die einzig wahre Rasse Mensch haltende Bevölkerung in unterirdischen Bunkern auf, mit Lebensmitteln und Wasser für mehrere Jahre ausgestattet, um den Erdball danach gottgleich nach eigenem Ermessen zu gestalten. Selbst die Denkmäler, die sie für ihren Fortbestand als wichtig erachten, haben sie bereits als Weltkulturerbe gekennzeichnet.

Während der Vogelgrippe bekam die deutsche Bevölkerung bereits den Vorgeschmack dessen, was sie erwarten würde. Tamiflu und Relenza waren nur auf dem Schwarzmarkt für viel Geld oder für Rotarier unter dem Apothekenladentisch zu bekommen. Der Rest der Bevölkerung war der Krankheit ausgeliefert. Eine zweite Erprobungsphase einer bevorstehenden Katastrophe wurde mit der EHEC-Krise durchlaufen. Enterohämorrhagische Escherichia coli. Im Januar 2014 werden wir mit dem Coronvirus MERS – CoV infiziert. Eine Testphase oder der geplante Untergang der zuvilisierten Welt? Wer früh genug vorgesorgt hatte und in den richtigen Kreisen verkehrte, konnte sich glücklich schätzen, wenn es ihm durch Erpressung oder Beischlaf gelungen war, die Zeugnisnoten seiner Tochter positiv beeinflußt zu haben, der es dann wiederum vergönnt war, ein Medizinstudium absolvieren zu dürfen. Mancherorts stellen wir fest, daß manche Lehrer - und auch andere Bedienstete des Staates wie Schornsteinfeger - eher frühzeitig in einen Ruhestand verabschiedet worden sind, denen eigentlich keine krankhaft bedingte Begründung zu Grunde lag. Festzustellen war jedoch, daß die von den Inner Wheel Clubs begleiteten Projekte für Höherbegabte, in jedem Jahrgang dafür sorgten, ein bis zwei geeignete junge Damen aus den entsprechenden Elternhäusern ein bis zwei Jahrgänge in der Schule überspringen zu lassen. Da ein Klassenverband heute nicht mehr existiert, wurden die „Neuen" als Exoten betrachtet und so fiel ihre eigentliche Dummheit niemandem auf. Wie war es noch im Film „Einer flog übers Kuckucksnest"? Nur die psychisch Kranken wußten von der vorgetäuschten Krankheit.

Aber ebenso wie der mit einem Legasthenie – Zertifikat ausgestattete Rotariersohn, nehmen es die Kinder mit der Zuteilung ihrer Approbation mit der Wahrheit nicht mehr so genau. Garantiert es ihnen doch ein überdurchschnittlich hohes Einkommen Zeit ihres Lebens und der damit verbundenen gesellschaftlichen Stellung.

Mehr als die Hälfte der deutschen Ärzte hätte heutzutage ohne die Mithilfe der Eltern höchstens noch einen Mittelschulabschluß geschafft. Schon aus diesem Grund brauchen wir dringend Ärzte aus dem Ausland, die zu mindestens für ihre Zulassung wirklich noch arbeiten mußten. Daß sie uns hinterher in Einzelteilen für viel Geld an ihre Landsleute verkaufen, deren Überleben sie evolutionsbedingt für wichtiger halten als das unsere, ist nachvollziehbar. Globalisierung fordert eben auch ihre Opfer.

In dieser menschlichen Schieflage haben sich Strömungen entwickelt, die man bewußt gefördert hat. „Wehret den Anfängen" war ein Aufruf der Bibel für diejenigen, die ebenso wie die Kirche selber an der Ausnutzung der Massen Interesse hatten.

Ob es die Bauern waren, die ihrer Existenzgrundlage beraubt wurden oder die vielen Häuslebauer, die irgendwann ihre Immobilien verkauften.

Wie stolz waren die Bauern auf einen von Heeremann, der ihnen Gelder in Milliardenhöhe als Subventionen besorgte. Gelder, für die sie nicht arbeiten mußten, die sie geschenkt bekamen vom deutschen Steuerzahler, so wie heute die Banken. Leider führte es zu einer Abhängigkeit, die sie letztendlich ihr Hab und Gut kostete, da die Großgrundbesitzer durch ihre Lobbyisten sie in die Arbeitslosigkeit schossen.

Kleinbetriebe machte diese Art der Versorgung der großen Genossenschaften einfach platt.

Die wenigen Höfe, die sich noch nach der Jahrtausendwende in Privathand befanden, wurden von Großgrundbesitzern mit EU-Mitteln aufgekauft, die Immobilien vom Land getrennt, welches dann wiederum an Agrargenossenschaften verkauft wurde, die dann wiederum Subventionen in Milliardenhöhe aus dem EU-Haushalt in Brüssel bekamen.

Hier pflanzte man dann in großem Stil Mais, der wiederum als Treibstoff mit weiteren Milliarden gefördert wurde. Die Natur blieb nur insoweit auf der Strecke, daß die Bodenerosion zunahm, weil die Humusschicht im Winter dem Abtrag durch Wind und Regen schutzlos ausgeliefert war. Dem wirkte die früher gängige Praxis der Pflanzung mit Gerste und Raps im Herbst von jeher entgegen. Im Frühjahr wird dann durch Düngung mit Nanopartikeln das Fehlen von natürlichen Nährstoffen im Boden wettgemacht. Zeitgleich werden in Osteuropa Ackerflächen zu Spottpreisen aufgekauft. Alles legal im Rahmen europäischer Gesetze. Die so der Arbeitslosigkeit ausgelieferten Rumänen und andere werden dann nach Zuwanderung durch unsere Steuergelder mit Sozialleistungen unterstützt, die ein Hoeneß und andere Steuerflüchtige meinen nicht aufbringen zu müssen, da sie mit der CSU die Partei hinter sich wähnen, die ihnen ein Leben jenseits geltenden Rechtes ermöglicht, wie die Verwandtenaffäre zeigte. Die in den Maisplantagen amerikanischer Ausmaße sich wild vermehrenden Wildschweine wurden sodann von blutrünstigen und geldgeilen Jägern zu Hunderten auf der Flucht vor den Mähdreschern erschossen, um dann als Weihnachtsessen in den Aldi – Kühltruhen zu landen. Die von ihnen gespeicherten Nanopartikel kamen so in den menschlichen Kreislauf und sorgen dadurch für eine Erhöhung der Krebsraten und wiederum für einen Anstieg der von der Pharmaindustrie teuer vertriebenen Krebsmedikamente, zu denen wiederum nur Privilegierte Zugang haben. Womit sich die Kette abermals schließt. Und das alles vielleicht nur, weil ein Himmler einstmals Millionen weißer Hühner züchten wollte und dieser Gedanke unter Hitler in der Schaffung einer deutschen Herrenrasse mündete.

Nach der Beerdigung seiner krebskranken Frau und Mutter seines Sohnes überfuhr ein Bankangestellter an einer Verkehrskreuzung zufällig eine Frau, die ihren schweren Verletzungen noch an der Unfallstelle erlag. Das Verfahren wurde eingestellt, da von Seiten des Gerichtes nicht ausgeschlossen werden konnte, daß die Frau diesen Unfall selber verschuldet hatte, weil sie möglicherweise bei Rot die Straße versucht hatte zu überqueren. Glaubwürdige Zeugen hatten sich nicht finden lassen. Bei der Verstorbenen handelte es sich um eine im Im- und Export tätige Geschäftsfrau - in unserem Sprachgebrauch Prostituierte genannt, die seit Jahren in Brüssel versuchte, Gelder für zweifelhafte Projekte wie Garnelenzuchten ohne Verkehrsanbindung, Schloßhotels ohne Parkplätze, Freilichtopern auf umzäuntem und bewachtem Privatgelände, maroden Immobilien, die sie zu Exklusiv-Restaurants in einer touristisch nicht erwähnenswerten Landschaft ausbauen wollte, zu bekommen, an denen sie großzügig zu partizipieren hoffte.

Mea culpa, mea maxima culpa

Jedes System bringt Gewinner und Verlierer hervor, so wie es immer das Gute und das Böse geben wird.

Jetzt ist die Definition von Gut und Böse nicht einfach. Die Chinesen haben in jedem Ying ein Yang und in jedem Yang ein Ying, wobei es in beiden Hälften keine Ausgewogenheit zu geben scheint. An und für sich ist dieses schwarz- weiße an ein Paisley-Stoffmuster erinnerndes Symbol wenig aussagekräftig. Als Gewinner betrachtet sich immer ein Lottogewinner. Aber was hat er gewonnen? Freiheit im Denken? Freiheit im Handeln? Die erste Instanz, die ihm sein Geld wegnehmen will ist die Bank, bei der er sein Vermögen anlegen will. Im Vergleich zu Deutschland hat sich jetzt der marode spanische Staat, der unter vielen Herrschern das Ausbeuten perfektionierte, - wir erinnern hier u. a. an Pizarro – sich der Weihnachtslotterie bemächtigt, indem die Gewinne ab sofort mit der Staatsmacht im Verhältnis 1:4 geteilt werden müssen, damit weiterhin nicht die Institution an sich sich einschränken muß, sondern der an Einschränkung gewöhnte Bürger. Die, die bisher nichts hatten, werden weiterhin nichts haben, als die Brosamen vom Tisch der Reichen.

Wo also liegt der Verlust? Wer hat Glück? Der Gewinner ist der vermeintlich Glückliche, doch das Böse obsiegt durch die ihm innewohnende Kraft.

Wo liegt der Gewinn? Beim Staat zum Ersten durch die Gebühren. Das Wettspielgesetz gibt dem Staat die Macht, die er sich selber genommen hat, fünfzig Prozent des eingesetzten Geldes zu behalten. Deshalb ist der deutsche Staat so sehr daran interessiert, sein Glücksspielmonopol zu verteidigen.

Beim Staat zum Zweiten, denn er verfügte über das Werkzeug Vermögenssteuer. Wer Vermögen hatte, welches er im

Grunde zum Überleben nicht braucht, eine Kriegserfahrung, sollte davon für alle etwas abgeben. Wir erinnern uns, daß ausgerechnet die Sozialdemokraten dieses Instrument unter Kanzler Gerhard Schröder abschafften, um den Reichen nichts zu nehmen, was des Reichen ist.

Beim Staat zum Dritten, denn es entläßt einen möglicherweise schmarotzenden Arbeitslosen oder einen vierzig Stunden Vollzeit arbeitenden Aufstocker aus den Sozialkassen. Des Weiteren ist es möglich, einen neuen Reichen zu schaffen, der das Heer der Ausbeutenden vergrößert. Man hätte als einen „Freund unter Freunden" oder einen Gleichgesinnten gewonnen.

Wer also kann sagen, wo das Gute und das Böse liegen? Es liegt immer im Auge des Betrachters selber.

Es gibt keine schlechte Staatsform. Jede Staatsform hat immer ihre Berechtigung. Eine Diktatur herrscht niemals durch den Diktator allein. Eine Demokratie schafft sich immer durch die Nachlässigkeit der Bürger ab. Immer gibt es Gewinner oder Verlierer in einem System und immer ist der Mensch bemüht, nicht zu den Verlierern zählen zu müssen. Sollte ihm das nicht gelingen, so ist er über lange Zeit bereit, seine eigenen Grenzen immer enger zu ziehen, bis er bemerkt, daran ersticken zu müssen, wenn er sich weiter aufgibt.

Wie sagte der Sohn zu seinem Vater anlässlich des Aufstandes in Ägypten zu Beginn des arabischen Frühlings auf dem Tahrir-Platz in Kairo zu seinem Vater: „Was wir heute tun, hättet ihr vor dreißig Jahren tun müssen." Dreißig Jahre bedeuten eine vergeudete Generation an Menschenleben. Vernichtet für ein bisschen Luxus einer Minderheit, die sich für etwas Besseres hält, wie die Familie Mubarak, die das Land um Milliarden betrog. Nur eine Familie unter vielen.

Einem Regime Assad geht es gut, einem Regime Kim Jong-un geht es gut, einem Bush-Regime ging es gut. Dem DDR-Regime ging es sehr gut. So gut, daß die Richter zum einen die Grenzer freisprachen, die ihre Landsleute an der innerdeutschen Grenze auf der Flucht erschossen, wie sie zum anderen heute die Nordkoreanische Grenze verurteilen. Die unter Hitler urteilenden Richter sprachen später bundesdeutsches und DDR-Recht aus. Sie drehten sich wie die Fahnen im Wind. Sie akzeptierten eine Gesetzeslage, schufen aber keine. Sind sie Yang im Ying oder Ying im Yang? Sind sie das Eine jetzt oder waren sie das Eine damals? Eines ist jedoch sicher, sie urteilen immer über uns.

Gibt es sie dennoch die Gewaltenteilung? Die Trennung von Exekutive, Legislative und Judikative? Oder gilt auch hier wieder das Prinzip von „Freundschaft", Verwandtschaft oder Gefallen, die man noch schuldet? Ist der Grad der Beziehungen nicht die größere Macht im Staat? Die größte überhaupt? Wer heiratet wen? Wer ist mit wem verwandt? Verschwägert? Wie sit die Beziehung eines Schäuble zu seiner Tochter, die beim Fernsehen untergekommen ist? Wie bestimmen die Fernsehräte, besetzt mit Politikern, unsere Denkweise? Warum erhielt die FDP immer wieder Sendeminuten in der Tagesschau vor wichtigen Wahlen? Hat sie jetzt verloren, weil die Werbung nicht mehr funktionierte?

Waren nicht die Inkas selber an ihrer Vertreibung und an der Machtübernahme eines Pizarro selber Schuld, die Azteken an der Machtübernahme eines Cortés? Ist es letztendlich nicht egal, wer das Gold der Inkas bekommt? Der spanische König und seine Gefolgsleute oder die Indianerstämme Lateinamerikas? Das spanische Königshaus sieht das Gute in der Ausbeutung der Völker und der Schaffung spanischer

Kolonien. Die Ureinwohner Lateinamerikas dürften darin eher das Böse sehen.

Sind wir nicht stolz auf die Königshäuser Europas? Sind wir nicht als Deutsche daran interessiert wieder eine Galerie der uns ausbeutenden Affen, die nicht hören, nicht sehen und nicht sprechen, als Monarchie zu besitzen, denen wir huldigen dürfen? Huldigen wir doch gerade eben jener Maxima der Niederlande wegen ihrer Abstammung von der Inkaprinzessin Occlo, einer Nachfahrin des Túpac Huallpa.

Nein, das Böse ist nicht böse und das Gute nicht gut. Nur was wir darin sehen, läßt es uns erstrebenswert erscheinen oder eben nicht.

Wie soll ein Reicher sich seines Reichtums schämen, wenn er seines Reichtums wegen hofiert und geschätzt wird? Dann müßte sich der Sportler seines Erfolges wegen schämen? Das Genie sich wegen seiner Genialität?

Rechtschaffenheit anderer heißt in den Augen der Besitzenden das Privileg der Ausbeutung. Nur wer reich ist, ist privilegiert. Der Weg dorthin ist das nie zu erreichende Ziel, denn es gibt kein Reichtumsende. Genug ist nie genug. Auf der Suche nach Unendlichkeit suchen wir die Grenzen des Weltalls zu ergründen, obschon schon der Gedanke an Unendlichkeit uns zittern läßt auf Grund der Größe, doch schlimmer wiegt die Furcht vor Endlichkeit, denn es stellt sich sofort die Frage: Was verbirgt sich dahinter?

Wir gehorchen demutsvoll der Kaste kirchlicher Vertreter Gottes auf Erden, als würde Gott einen Vertreter brauchen! Was er zuerst abschaffen würde, wären vermutlich die zu seinen Ehren gebauten Paläste und Kirchen, die sich lediglich in den Himmel erstrecken, um uns zu verdeutlichen, wie klein wir doch sind. Nicht so allerdings in den Augen der Kirchen, die unsere Dummheit, unseren Aberglauben und unsere tief sitzenden Ängste seit Jahrhunderten ausnutzen, um uns besser ausbeuten zu können. Und ist es nicht egal, wen wir bezahlen, den Papst oder die Königin? Für die ist nehmen seliger denn geben, ob es die luxuriöse Badewanne eines Tebartz van Elst in einer bischöflichen Luxusresidenz in Limburg sein mag oder die Gelder unserer Sozialkassen für mehr als sechstausend Beschäftigte eines katholischen Verlagshauses. Sie sind wie Makler: Sie verkaufen, was ihnen nicht gehört. Sie haben selber nie etwas geschaffen, halten Besitz in Händen und schaffen damit Eigentum.

Wie gut es sich davon leben läßt, zeigt der Werdegang eines Maklers in Deutschland. Geboren und aufgezogen mit dem Anspruch eines Adligen in der damaligen DDR, war eine Anpassung oder Unterordnung unter das herrschende Ulbricht-Regime nicht möglich. Flucht war der einzige Ausweg. So kam man ungesehen und unbemerkt eines Nachts mit dem Ruderboot über die Lübecker Bucht. Der ach so goldene Westen bot eine perfekte Basis zum Geldverdienen, den Beruf des Maklers. Makler sind wie Schmeißfliegen. Sie vermitteln dringend benötigten Wohnraum für viel Geld an Bedürftige oder erheben Kosten für Wohn- und Geschäftshäuser, gewerbliche Immobilien, Forst- und Ackerflächen, deren Erlöse sie an von ihnen benötigten Provisionszahlungen anpassen und nicht an deren tatsächlichen Wert. Gut war es zudem, wenn der eigene Vater Bauamtsleiter war und die Erschließungen von Grundstücken bis zu seiner eigenen Pensionierung hinauszögern konnte. So ließ sich das damit verbundene Geschäft für das eigene Bankkonto doppelt nutzen. Das deutsche Grundgesetz lieferte dem Sohn zudem noch ungeahnte Annehmlichkeiten wie ein kostenloses Studium zu Lasten von Bafög, den er jedoch nie auszuüben gedachte. Das angebliche Entgelt desselben als Hausmeister ließ sich so jedoch an die Kosten für einen Ingenieur anpassen. Zudem traten die Kinder und Enkel als Mieter unzähliger eigener Immobilien auf und durften anhand gefälschter Meldedaten auch noch in verschiedenen Wahlbezirken ihre Stimme abgeben. Ein perfektes System. Bis man den Bogen überspannte und eine Straße kaufte, für die man dann von den Benutzern Wegezoll kassierte wie die Grundherren im Mittelalter. So wie der Besuch des sogenannten Ellenbogens auf Sylt nicht kostenfrei ist und ein Kind zum Millionär werden ließ, ohne, daß dieses jemals einen Handgriff hatte arbeiten müsssen.

Eines Tages kam der schwere Mercedes mit dem eingebauten Tresor des Maklers und Straßenbesitzers bei heftigem Schneefall von der eigenen gottverlassenen und unbeleuchteten Straße ab und landete hinter einem Knick. Erst Tage später als Tauwetter einsetzte wurde der Wagen gefunden. Eine Vermisstenanzeige war nie eingegangen. Bartstoppeln bewiesen, daß der Mann den Unfall überlebt haben muß. Der Benzintank war leer, im verschlossenen Tresor befanden sich achtzigtausend Euro.

Was uns treibt

Der Charakter eines Menschen liegt nicht in seinen Genen begründet, sondern in der ihm anerzogenen Haltung.

Ein Kind, welches in ärmlichen Verhältnissen aufwächst, wird schwerlich begreifen können, wie es jemals möglich ist, sich Etwas einfach so leisten zu können. Für dieses Kind ist der tägliche Überlebenskampf um Essen und Trinken seine Realität und nimmt somit einen Hauptteil der Fähigkeiten des Gehirns ein. Ein Gehirn, welches trainiert ist, andere zu beherrschen hingegen wird niemals müde, dieses gelernte Verhalten in die Tat umzusetzen.

Für ein Kind, welches in einem Schloß aufwächst, ist dieses Schloß seine natürliche Umgebung. Beide Kinder begreifen erst dann ihren eigenen Stellenwert, wenn sie aufeinander treffen. Mit der Schaffung von privaten Kindergärten, Privatschulen und privaten Universitäten wie zum Beispiel Witten-Herdecke, die von Dr. Oetker großzügig unterstützt wird, soll dieses weitestgehend vermieden werden, damit der Zustrom von unten nach oben unterbleibt.

Im allgemeinen Sprachgebrauch heißt es, „ denen ist es doch völlig egal, was mit uns passiert", „die machen doch sowieso, was sie wollen."

Grundsätzlich ist festzustellen, daß es sich bei „die" generell auch um den Menschen an sich, den Homo sapiens handelt, der sich aus dem Homo erectus entwickelt hat. Inwieweit wir mit dem Affen verwandt sind, will ich hier gar nicht erörtern. Genauso wenig wie die Frage, wer zuerst da war, die Henne oder das Ei. Diese Frage stellt sich mir nicht, da auch die Henne einst aus einem Ei geschlüpft sein muß und nicht Gott gegeben vom Himmel fiel.

Natürlich sind wir mit den Affen verwandt, wie mit allen anderen Tieren und Pflanzen, entstammen wir doch alle derselben Ursuppe.

Doch eines Tages scheinen wir vom Weg abgekommen zu sein und vergessen zu haben, daß wir nur ein Teil eines Ganzen sind.

Auch wenn es bemerkenswert zu sein scheint, es entwickelt sich aus einem neu geschaffenen Umfeld, wie man es in Animal Farm findet, immer und immer wieder dasselbe Bild der Herrschenden und der Ausgebeuteten.

Welches Recht bestimmt das Tier als Nahrung für mich, wenn ich im selben Atemzug dem Falken den Sperling versage, dem Löwen die Antilope?

Wer hat den Gedanken zuerst gedacht, man müsse andere unterwerfen, um sie auszubeuten?

Betrachtet man die Schülerverzeichnisse der Privatschulen weltweit, so findet man immer die Ausbeutenden, niemals aber Menschen, die gedanklich oder finanziell irgendetwas an die Allgemeinheit zurückgaben. Hier haben die Söhne und Töchter eines Gaddafi, eines Ben Ali, eines Bush, eines Gates, eines Assad, eines Mubarak gemeinsam gelernt. Eine dieser Schülerinnen ist die künftige Königin von England, Waity Katie.

Spendengelder eines Bill Gates, eines Warren Buffett lassen uns an das Gute im Menschen glauben, bis festzustellen ist, sie nehmen mit Beteiligungen an Fonds, Konzernen, durch Aktiengeschäfte so viel Einfluß auf das Marktgeschehen, daß auch hier wiederum nur der Profit im Vordergrund steht.

Die Französische Revolution glaubte nicht an das Gute im Menschen und wollte sich nicht wieder durch das Schlechte überraschen lassen, sondern ließ durch die Guillotine die Köpfe rollen.

Wichtig ist in der Erziehung der zukünftig Herrschenden das Ausmerzen jeglicher Emotionen. Herrschen kann nur, wer völlig emotionsfrei ist. Mitleid ist ein Fremdwort. Hier zählt lediglich die eigene Person. Nur wer das beherrscht kann sich in einer Organisation um Bedürftige kümmern. Ansonsten könnte ihm das Elend den Schlaf rauben. Nicht schlafen zu können, würde Depression und Verfall bedeuten. Die japanische Prinzessin Masako scheint in dieser Hinsicht schlecht erzogen zu sein wie der Mann der niederländischen Königin, Prinz Claus. Lady Diana wurde verehrt für ihr Engagement, weil man ihr ein Vortäuschen falscher Emotionen nicht zutraute. Unvergessen sind die Millionen von Blumen und Geschenken zu ihrem Begräbnis. Wir wollen an das Gute glauben und werden immer vom Bösen überrascht.

Schulen sollen kein Wissen vermitteln, keine Talente fördern, Schulen sollen für Nachwuchs von Arbeitsbienen sorgen, von Ameisen, die zu Hunderten ihre unermüdliche Arbeitskraft einsetzen, um die Königin zu unterstützen. Lehrer in der heutigen Zeit sind viel zu dumm, um Pädagogik oder Wissen anschaulich weiterzugeben. In Schulen wird heutzutage lediglich der Stoff abgefragt, den die Kinder zuhause oder in teuren Nachhilfestunden beigebracht bekommen haben. Inklusion heißt nicht, alle sind gleich, Inklusion heißt, wir schaffen eine Stufe auf der Leiter nach oben ab und stellen alle auf das unterste Niveau, indem wir den Menschen die Förderung entziehen, die sie eigentlich so dringend benötigten. In überfüllten Klassen bleibt so für unfähiges Personal noch weniger Zeit, sich zu betätigen. Durch Zuwanderung sind unsere Klassen zudem überfüllt mit Kindern fremder Hautfarbe, Rasse und Sprache, die sich niemals einfinden werden, da ihnen lediglich der Hass ihrer Mitschüler entgegenschlägt, im wahrsten Sinne des Wortes.

Während einer Vernehmung saß ein dreijähriger Junge vietnamesischer Abstammung unter dem Tisch, die Hände und Arme schützend vor seinem Gesicht und schrie ununterbrochen Depeng-riss, Depeng-riss. Was sich niemand erklären konnte, bis man dahinter kam, es handelte sich um das deutsche Wort Gefängnis. Dahinein hatten andere Kindergartenkinder in jeden Morgen gesperrt, da sie ihn aufgrund seines „anders Seins" ablehnten. Seine deutsche Mutter, verheiratet mit einem vietnamesischen Arzt, war von einem deutschen Sozialhilfeempfänger erschlagen worden, da sie ihm seine Hartz-VI Zahlung gekürzt hatte, obwohl der Mann jahrelang gearbeitet hatte. Seine aus Bulgarien zugewanderten Nachbarn hatten jedoch nach EU-Recht hier Gelder in Anspruch nehmen dürfen, obwohl sie noch nie eine Stunde auf deutschem Boden gearbeitet hatten und noch niemals Steuern bezahlt hatten.
Wie hatte der Mann aufgrund seiner geringen Bildung auch ahnen sollen, daß es der EU nur darum ging und geht, ein Heer von Armutszuwanderern in noch vermeintlich reiche Länder zu bringen, um die Löhne noch weiter drücken zu können.
Der Mann wurde verhaftet und zu einer mehrjährigen Haft verurteilt. Wochen später fand man ihn erhängt in der Zelle.
Die Sache wurde totgeschwiegen. Jeder Fall, der so endet, senkt die Steuerlast. Inhaftierung ist teuer.

In einem anderen Fall hatte eine Mutter eine Grundschullehrerin so schwer verletzt, daß sie zeitlebens auf

den Rollstuhl angewiesen blieb, weil sie die Arbeiten ihrer Tochter gefälscht hatte, um sie loszuwerden.
Die Strafe wurde als Notwehr gewertet, da man davon ausging, die Lehrerin habe den ersten Angriff selber ausgeführt, um von ihrem Fehlverhalten abzulenken.

„Normale" Gedankengänge existieren in solchen Gehirnen nicht. Sie sind abtrainiert oder einfach nicht vorhanden von Geburt aus. Ein Kind, welches von einer Amme erzogen wird, wird sich immer als Exot betrachten, da er echte, wahre Gefühle nie kennenlernte und ihnen somit nicht vertrauen kann. Ein Gehirn, bei dem die Emotionen nicht die Handlung bestimmen, wird folglich nur dem Verstand folgen. Der Verstand sagt ihm natürlich folgerichtig, er müsse dem größtmöglichen eigenen Nutzen folgen.
Der mißbrauchte Schüler eines Internates kann den Mißbrauch an sich nicht als falsch empfinden, er kennt nichts anderes, und schickt somit die eigenen Kinder in dieselbe Schule. Er kann gar nicht anders.
Das von Priestern mißbrauchte Kind wird immer wieder der Kirche folgen, schon allein aus dem Grunde, weil es hier die einzigen aussagekräftigen Gefühle kennenlernte, zu denen er nach dem Mißbrauch noch fähig ist: Abscheu und Ekel. Sexualität existiert nur noch in seiner Perversion. Das Zölibat ist der natürliche Ausweg daraus.
Ein Parkplatz ist ein Parkplatz, bleibt ein Parkplatz. Wenn das eigene Gefährt so groß ist, daß es nicht auf einem Parkplatz genug Platz hat, dann parkt man auf zwei Parkplätzen. Man zahlt jedoch nur für einen, da man nur ein Auto besitzt.

Das Anrecht eines Behinderten auf seinen bevorzugten Parkplatz gilt nur insofern, wie ein anderer meint, er wäre bevorzugter.

Bei der Fußballweltmeisterschaft in Südafrika versperrten Privatmaschinen das Rollfeld. Linienmaschinen konnten nicht landen. Ein Absturz derselben wegen Spritmangel wurde billigend in Kauf genommen. Man wollte spät, aber nicht zu spät zum Endspiel kommen.

Regeln und Gesetze werden geschaffen, um zu beherrschen, nicht um das Leben für alle einfacher zu machen. Man will menschliches Verhalten in Bahnen gelenkt vorschreiben und kontrollieren können. Eine Ameise kehrt immer wieder zum Ameisenhaufen zurück, eine Biene zum Stock.

Statistische Erhebungen helfen, um diese Lenkung immer perfekter vornehmen zu können. Google kauft sich jetzt in das Netz künstlicher Hausroboter ein, um den Menschen wie in Orwells Roman 1984 (nineteen eighty-four) noch besser ausspionieren zu können.

Das menschliche Gehirn ist träge. Sport ist Mord. Beides zusammen ergibt die perfekte Couch-Potatoe. Den Menschen, der nicht denkt, ständig ißt und konsumiert. Leider blieb der Gedanke auf der Strecke, wer letztendlich eben diesen Menschen ernähren muß, da er als Arbeitskraft nicht mehr einsetzbar ist. Zudem wird er mit ständig angepaßter Werbung in seinem unzufriedenen Stadium gehalten, aus dem er wegen seiner Dummheit und Fettleibigkeit, vor allem aber seiner Ängste wegen nicht mehr ausbrechen kann. Diese Ängste werden ihm in unzähligen Stunden Fernsehkonsums in schlechten und fragwürdigen Filmen aus amerikanischer Produktion ständig vorgespielt. Damit er die gesehenen Grausamkeiten auch versteht, werden alle gesprochenen

Texte synchronisiert. Die Ursprungssprache wird nicht beibehalten, sonst könnte ein ungeahnter Lerneffekt dazu führen, Sprache mit Produktionsstätte zu verbinden. Wir stellen nämlich fest, daß die Grausamkeiten und perversen Gedankengänge fast ausschließlich amerikanischen Ursprungs sind. Die Dänen untertiteln Filmkäufe, was dazu geführt hat, mehrsprachig aufzuwachsen, Dänisch, Englisch, Deutsch, sowie im Schriftbild anderen Ländern weit voraus zu sein. Wer den Text verstehen wollte, mußte ganz einfach lesen lernen. Und dieses wird so lange geschehen, bis die Waage der Ernährenden zu Lasten der zu Ernährenden kippt. Der denkende Mensch wird aufhören zu sein, da er ebenso wie der konsumierende Mensch für den Erhalt der Mächtigen nicht mehr vonnöten ist.

In den Utopien der Zukunftsforschung gibt es die Erde an sich noch. Der Golfstrom ist wegen der Klimakatastrophe umgekippt und verläuft in entgegen gesetzter Richtung. Das Klima Nordamerikas ist gemäßigt. Die Polkappen sind größtenteils geschmolzen, was zu einer wesentlich geringeren Landmenge geführt hat und schwere Überschwemmungen nach sich gezogen hat. Allein mehr als zwei Milliarden Menschen sind nach und nach ertrunken. So entging man der Beseitigung der Leichen an Land. Der berechnete Abbau der Ozonschicht ist zum Erliegen gekommen, die Atmosphäre erholt sich schneller als erwartet. Der europäische Kontinent hat sich zur Wüstenregion entwickelt. Die Menschen sind größtenteils verhungert, ihre Leichen verdorrt. Afrika hat man mit freigesetzten Viren entvölkert. Schwarze hielt man des Überlebens nicht für wert. Seit den Zeiten der Sklaverei hat sich das Denken nicht wesentlich geändert. Südamerika dient dem Anbau von Drogen. Mit den Erfahrungen aus dem

Vietnam-Krieg war es den amerikanischen Herrscherfamilien möglich, China durch Hunger relativ zügig zu unterwerfen. Reisanbau war nach der Umstellung des Klimas hier nicht mehr möglich. Die Chinesen fungieren als Arbeitsbienen der Amerikaner. Mehr blieb von der einstigen Erde wie wir sie kannten nicht übrig. Genpools wurden freigesetzt, um Landstriche mit Tieren zu schaffen, die frei zur Jagd waren, damit man nicht gezwungen war, für den Abschuß eines der letzten schwarzen Nashörner mehr als 350.000 Dollar bei einer Versteigerung in Texas bieten zu müssen. Namibia vergibt derzeit lediglich fünf Lizenzen zum Abschuß dieser extrem seltenen Tierart jedes Jahr und braucht die Einnahmen für den Schutz dieser bedrohten Lebewesen. Königshäuser hat man abgeschafft, da die Konkurrenz ansonsten zu groß geworden wäre, da zum Beispiel spanische Könige derartige Tiere umsonst abschießen durften.

Eine Weitergabe von Wissen war bei Strafe verboten. Menschen, die Schrift weitergeben wollten, wurden die Hände abgehackt, sowie es die Briten in der Kolonialzeit taten bei den ayurvedischen Ärzten. Bücher waren verbrannt worden wie man es in den Zeiten eines Adolf Hitler getan hatte.

Abstraktionsvermögen und Objektivität sind die Grundlagen für eine gute Ermittlertätigkeit. Dennoch gibt es Fälle, die lassen einen nicht los und beschäftigen einen noch Jahre später. In einem Buch über die Südstaaten, die große Zeit der Amerikaner auf ihren Baumwollplantagen, die Heerscharen schwarzer Sklaven für die Arbeit hielten, läßt die Ehefrau, während ihr Mann in den Krieg gegen die Nordstaaten gezogen ist, die Treppe mit dem historischen Hufabdruck reparieren. Die Treppe ist heil, der Abdruck der Geschichte gelöscht. Er, in seiner Historie und seiner Wichtigkeit schwebend, ist entsetzt, sie, in ihrer Tüchtigkeit der perfekten Hausfrau, meint alles richtig gemacht zu haben.

Wer hat Recht? Seit ich dieses Buch las, verändert sich meine Einstellung mit den Jahren immer wieder. Manchmal bin ich der Meinung, man müsse so etwas bewahren, dann wiederum gebe ich der Frau Recht. Was soll ich mit einer kaputten Treppenstufe?! Dieser Konflikt wird mich Zeit meines Lebens nicht loslassen, obwohl ich weiß, diese Treppe hat es nur in der Phantasie einer Pearl S. Buck gegeben, von der ich annehme, daß die Zeilen von ihr stammten.

Bei dem vorliegenden Fall konnte ich lange Zeit ebenfalls nicht entscheiden, welches Handeln für mich mehr Beweggründe hatte.

Im Krieg hatte eine Familie unter Hitler Waffen mit Hilfe von Zwangsarbeitern produziert. Die Unternehmerkinder waren so zum einen behütet, weil für den Fortbestand der Naziherrschaft wichtig, zum anderen gut betucht, sprich reich, in die Bundesrepublik gestartet. Hier wurde dann nach der Eheschließung der Kinder u. a. eine Tochter geboren, die mit sechstausend Mark monatlich am Firmengewinn in ihr Leben startete. Sie studierte. Heiratete einen Kirchenfürsten der evangelischen Kirche.

Dieses sind die Wichtigen hinter den Kulissen, die das Milliardenvermögen der Kirchen verwalten, die Steuereinnahmen nachrechnen, für deren Erhebung es keine gesetzliche Grundlage gibt, - aber die Kirche herrscht immer mit den Herrschenden – und ständig betteln, weil die Personalkosten doch so hoch seien. Sie wissen es zu vermeiden, jemals in ihre Kirchenbücher schauen zu lassen, um die unendlichen Verzweigungen zwischen immensem

Landbesitz, Bankenbeteiligungen, Firmenanteilen, Immobilien, Devisengeschäften etc. größtenteils aus Erbschaften zusammengetragen, nicht publik werden zu lassen. Kirche hat durch Krieg immer nur gewonnen. Selbst Hitler haben sie uneingeschränkt unterstützt.

Mit diesem Kirchenmann, wir gehen erst einmal davon aus, denn dabei war keiner, bekam sie drei Kinder, zwei Söhne und eine Tochter. Mit dem Gehalt ihres Mannes und ihrem eigenen Einkommen, die sechstausend Mark aus Firmenanteilen, konnten sie sehr gut leben. Rotarier zum einen, Internatsschüler zum anderen.

Zeit ihres Lebens haben ihre Kinder auf nichts verzichten müssen, sich niemals anpassen müssen, waren als Freunde immer begehrt und konnten bereits durch ihren Lebensstil, teure Autos, teure Hobbys, teure Yachten, teure Kleidung, teure Urlaube vom Wohlstand zeugen. Sie haben niemals dafür einen Finger rühren müssen. Die guten Noten kamen zusätzlich noch von alleine.

Dennoch war das Leben ihrer Mutter unausgefüllt. Auf einem Reiterhof traf sie einen Mann. Trinker, starker Raucher, arbeitslos, verlebt, dreckig, mit schwarzen kariösen Zähnen und Zahnlücken. Sie verliebte sich und er nutzte seine Chance auf nimmer endenden Reichtum. Er soff und prügelte sie und sie fand es toll. Konnte sich spüren zum ersten Mal in ihrem Leben. Vergewaltigung löste Wollust aus, Demütigung und Erniedrigung Kaskaden von Lust. Sie verließ die Familie, verkaufte das Haus am See, schickte die Tochter ins Ausland für die Zeit des Scheidungskrieges, ließ sich ihre Firmenanteile in Millionenhöhe auszahlen und kaufte einen Pferdehof.

Aber im menschlichen Leben wechseln auch die Gefühlslagen. Mit dem Eintritt in ihre Wechseljahre begann sie ihn abstoßend zu finden und versuchte immer öfter, sich von ihm und seinen körperliche Attacken freizumachen. Er, in dem Irrglauben, sei wolle noch mehr Prügel, weil ihr das ja sonst so gut gefallen hatte, drosch immer mehr auf sie ein, bis er sie eines Tages erschlug. Unbeabsichtigt. Um das zu vertuschen und da in seinem Trinkerhirn kaum noch eine Gehirnzelle funktionierte, steckte er den Reiterhof mitsamt den vierzig tragenden Zuchtstuten in Brand. Da der Hof abseits lag, kam die Feuerwehr erst, als die Gebäude bereits fast auf die Grundmauern abgebrannt waren. Man hatte noch versucht, die Pferde zu retten, doch die Tiere rannten in den brennenden Stall zurück in ihre Boxen, da sie gelernt hatten, diese geben ihnen Sicherheit.

Es blieb nichts übrig.

Banken

85 Menschen besitzen die halbe Welt (oxfam Januar 2014).

Jeden Tag wird geredet über das Ungleichgewicht zwischen arm und reich, jeden Tag geht die Schere zwischen arm und reich weiter auseinander. An den Krisen der letzten Jahre wurde festgestellt, daß es sich um herbeigeführte Krisen handelt, die diese wenigen Menschen um ein Vielfaches reicher gemacht haben.

Niemanden scheint dieses wirklich zu stören. Es wird als unveränderbare Tatsache angenommen.

Um das zu verstehen, muß man sich dem „Geld" aus anderen Überlegungen heraus nähern.

Woher kommt Geld? Welche Funktion hat Geld? Woraus besteht Geld?

Mensch und Tier unterscheiden sich. Das Tier ist an seinen Lebensraum vollständig angepaßt und somit auch gebunden. Es bedarf keiner Werkzeuge, keiner extra Behausung, weder einer Klimaanlage noch einer Heizung. In einem Jahrtausende alten Werdegang hat es sich mit seiner Nahrungsquelle und seinen Wasserreserven auf ein Leben im Wasser oder an Land angepaßt. Mit dem Verhalten der Tiere geht das Pflanzenwachstum einher. Bestäubung durch Wind, durch Bienen. Verteilung von Samen und Saat durch die Ausscheidung von Tieren und Menschen. Leben hat sich überall entwickelt, in den Wüsten wie in den Eismeeren, in der Savanne, im Hochland, auf den Bergen. Jeder noch so kleine Teil unserer Erde beinhaltet ein komplettes Biotop. Biotop heißt demnach nicht das gechlorte algenfreie Wasser in Plastikplanen mit Böschungsmatten in denen man Nishikigois, hierzulande bekannt als Koi- Karpfen, hält, die nach einem

Martyrium sondergleichen, genannt Zucht, hier als Futter für Fischreiher dienen.

Mit dem opponierbaren Daumen begann die Loslösung von der Anpassung an die Umwelt. Es gab nur zwei Wege des Überlebens von Menschen: Die Anpassung an die Umwelt oder die der Umwelt an den Menschen. Der Mensch entschied sich bekanntermaßen für das Letztere. Damit gab er das Paradies auf.

Eva griff nach dem Apfel und gab ihn weiter. Sie machte dem Männchen das Geschenk und forderte ihn damit auf, sich dem Leben des Paradieses zu entziehen. Ich glaube, der Mann wäre in seiner Evolution fähig gewesen, sich den Gegebenheiten der Natur anzupassen. Die Frau will das nicht. Wohingegen wir immer wieder feststellen, daß die Gabe, das Brautgeschenk in den meisten Fällen vom Männchen an das Weibchen gereicht wird. Zur Arterhaltung ist das Männchen daran gebunden, die Frau zu unterstützen, da sie zur Aufzucht der Jungen oftmals alleine nicht fähig ist. Vogelwelt. Bären hingegen müssen ihre Kinder verteidigen gegen den Kannibalismus der eigenen Rasse. Pferde als Herdentiere brauchen wie Elefanten den Schutz vieler.

Wen brauchte die Frau? Den Mann, die Gruppe? Weder noch. Doch es war für sie einfacher, sich dem männlichen Geschlecht unterlegen zu machen, da sie an Kraft, Ausdauer und Schnelligkeit ohnehin nicht mithalten konnte.

Reichte es anfangs noch, in diesen Tugenden anderen überlegen zu sein, so kam es durch die nicht vorhandene Anpassungsfähigkeit des Menschen schnell zu absonderlichen Erscheinungen, die den Charakter desselben bis heute ausmachen: Neid, Mißgunst, Gier.

Ein Tier, welches an Stärke seinem Gegenüber unterlegen ist, muß das Feld räumen. Nur selten greifen Tiere als Rudel an. Wölfe und Löwen, Hyänen sind Ausnahmen. Der Mensch hingegen stellte sehr schnell fest, daß ihm ein Überleben nur gelingen kann, wenn er sich verbündet. Dieses Bündnis entspricht jedoch nicht seinem wahren Charakter, dem des typischen Einzelgängers, der er zeitlebens geblieben ist. Sie vegetieren in Städten mit Millionen von Einwohnern und kennen doch kaum ihr Gegenüber, welches monatelang in der eigenen Wohnung verrotten kann. Mumifizierte Leichen, die man erst nach Jahren gefunden hat, zeugen davon. Nur Menschen, die Eigentum haben, lassen sich auffinden, denn es geht nicht um den Menschen an sich, sondern um das, was er hinterlassen könnte. Im besten Falle Geld oder geldwertes Eigentum.

Die Robbe, die auf einer Eisscholle treibend, das Wasser um sie herum voller Orcas, dem sicheren Tod sich gegenübersieht, wird diese Eisscholle verteidigen bis zum letzten Atemzug. Es ist das Einzige, was sie besitzt. Eine entfernt schwimmende Eisscholle, auf der sich niemand aufhält, wird ihr Überleben nicht sichern. Tiere haben kein Eigentum an einer Sache, sie haben nur den Flecken Erde, Eis, Wasser, den sie be „sitzen".

Der Mensch ist da anders. Er fliegt zum Mond und steckt eine lächerliche Fahne hinein. Er taucht in die Eismeere ab und dokumentiert auch hier seine Ansprüche. Wessen Ansprüche? Wem gegenüber?

Nationales Recht. Internationales Recht. Bergbaurecht. Fangrecht. Recht zum Kiesabbau. Wegerecht. Gebote, Vorschriften. Alles zusammengefaßt in Büchern.

Die Bibliothek von Alexandria brannte vor vielen hundert Jahren ab, weil sie Wissen enthielt. Wissen wollte man nicht weitergeben. Wissen war Macht, Wissen behielten die Mächtigen geschützt. Ein Archimedes, ein Sophokles, ein Pythagoras würde es heute nicht mehr geben, weil man das Wissen als Macht vor anderen bereits seit der Antike geheim hält. Nach der Zerstörung von tausenden von Papyrusrollen konnte man sich sicher sein, Jahrhunderte menschlichen Geistes zerstört zu haben und die Menschheit weiter ausnutzen zu können.

Wie war es soweit gekommen? Der Mensch hatte nichts außer dem, was er auf dem Leibe trug und was er mit seinen Händen halten konnte. Verlor er etwas, gab es dafür keinen Beweis seiner Ansprüche. So hüllte er sich in das Fell des erlegten Tieres und ließ sich dadurch wärmen. Er band sich seine Lederfetzen an die Füße. Die Steinaxt band er sich um die Hüfte. Vorräte konnte er nicht bilden, da die Tiere sie aufgrund ihres besseren Geruchsvermögens sofort aufgespürt hätten. Vermögen hat also in erster Linie nichts mit Geld sondern mit Fähigkeiten zu tun.

Demzufolge mußte er Gemeinschaften eingehen mit anderen Menschen, die andere Fähigkeiten aufwiesen als er selber. Der Jäger brauchte einen Platz für seine Beute. Er mußte teilen lernen und Hilfe in Anspruch nehmen für das Bewachen. Gruppen bildeten sich mit Gleichgesinnten verschiedener Herkunft, verschiedenen Alters, verschiedenen Geschlechts, verschiedener Berufungen und Talente, die sich erst später zum Beruf entwickelten. Diese Horde bewohnte Höhlen und verteidigte sie. Man passte sich an seinen Wohnraum an, indem man mit der aufgehenden Sonne den Tag begann und sich zum Waschen und zur Morgentoilette von den anderen absonderte. Auch, um durch den Verwesungsgeruch nicht wilde Tiere oder andere Menschen auf sein eigenes

Vorhandensein aufmerksam zu machen. Man war nichts weiter als Beute.

Jetzt kennen wir alle den weiteren Weg. Aus der Steinaxt bildeten sich durch die Schmiedekünste die Waffen und wer Waffen besaß, machte andere sich untertan. In Städten mit Befestigungswällen schuf man sich einen sicheren Platz zum Leben. Wer sich nicht unterwarf, wurde mit dem Bann belegt und der Stadt verwiesen. Dort war er auf sich selber gestellt und quasi vogelfrei.

Innerhalb der Städte begann sofort die Suche nach den besten Plätzen, heutzutage nennt man das bevorzugte Wohnlage. Bäume spendeten Schatten und lieferten Obst, Beeren, Früchte, Honig. Ameisen. Ameisensäure war ein bekanntes Rheumamittel. Nicht umsonst gab es so viele Linden in Deutschland. Bäume wurden geschützt, sie sicherten Überleben. Ein Bushido hat das nicht verstanden und die Bäume in seinem Garten abgehackt, ebenso wie die Südamerikaner aus Kurzsichtigkeit den Regenwald geopfert haben für Weideflächen, die heute durch den wild nachwachsenden Farn unbrauchbar sind, alles nur, um Mc Donald Kühe darauf weiden zu lassen. Hochlagen in den Städten blieben trocken, weil Exkremente und Regenwasser abflossen. Sonne bewirkte eine Versorgung mit Vitamin D.

Für diesen Schutz nahm man als eigentlicher Einzelgänger viele Nachteile in Kauf. Man mußte – auf Gedeih und Verderb – mit Anderen eine Gemeinschaft bilden. Das führte zu Hass, der dann wiederum in Hexenverbrennungen, Folter und öffentlichen Hinrichtungen mündete. In Rom waren es die Gladiatorenkämpfe; Brot und Spiele für das Volk. Judenvergasung. Normenkontrollverfahren und Fernsehen heißt das heute.

Doch zurück zur gerade entstandenen Gruppe Mensch. Es gab natürlich auch die Faulheit, die nichts aber auch gar nichts mit dem Faultier zu tun hat. Denn dieses ist in seinem Lebensraum genauso überlebensfähig wie alle anderen Tiere. Nur, daß wir ihnen den Lebensraum zerstörten. Wie eben jetzt den Lebensraum der Fledermäuse in Segeberg für den Ausbau einer überflüssigen Autobahn.

Kinder sollen es besser haben. Kinder, denen man alles abnahm, lernten nichts und konnten keine Fähigkeiten entwickeln. Kinder, denen man nichts beibrachte, konnten sich in ihrer Persönlichkeit nicht entwickeln.

Diese Kinder lernten jedoch früh, andere auszubeuten und deren Fähigkeiten für ihre eigenen Interessen zu nutzen, weil sie gegenüber ihrer eigentlich nicht vorhandenen Überlebensfähigkeit als Gegenpol einen unbändigen Lebenswillen entwickelten. Und sie lernten schnell, daß dieses am besten mit Gewalt und dem völligen Fehlen von Emotionen schnellstmöglich umzusetzen galt, wenn sie das eigene Überleben sichern wollten. Da sie nichts zu bieten hatten, mußte ein Mittel geschaffen werden, welches selten, transportabel und tauschbar war. Mit einem Wort: Geld.

Jetzt hatte das Geld unserer Vorfahren einen ganz großen Vorteil: Es besaß einen Gegenwert.

Mit den Worten des Cree-Indianers gesprochen „erst wenn der letzte Fisch gefangen, der letzte Fluß vergiftet ist, werdet ihr feststellen, daß man Geld nicht essen kann", hat Geld niemals einen Wert.

Das beweisen die Fische, die um die mit Gold und Edelsteinen versunkenen Galeeren der Ureinwohner Südamerikas, geraubt von den Europäern, denn das sind wir jetzt alle in der

Gesamtheit, herumschwimmen und niemals davon satt würden.

Für den Menschen an sich jedoch besaß Geld einen Gegenwert durch den Anteil Goldes in der Münze. Selbst unser Papiergeld war zu einem Drittel durch Gold, einem Drittel durch Devisen gedeckt. Heutzutage gibt es keine Devisen mehr. Der Euro ist genauso aufgebläht wie der Dollar. Zwischen 2009 und 2013 hat die amerikanische Notenbank aus der umlaufenden Geldmenge von 800 Milliarden Dollar eine Gesamtmenge von mehr als 3.700 Milliarden Dollar geschaffen. Dazu gibt es keine Gegenwerte. Das Goldvermögen der Bundesrepublik Deutschland hat sich um Tausende Tonnen reduziert. Unsere Goldreserven im Ausland sind von vielen dezimiert worden. Auch unser Geld ist de facto nichts mehr wert, was die Blasen, bubbles, auf den Goldmärkten, Immobilienmärkten und jetzt beim Bitcoin zeigen. Dennoch schaffen Politiker aller Couleur Milliarden ins Ausland. Die chinesische politische Führungsriege hat jetzt mehr als drei Billionen Euro ins Ausland geschafft. Zum Vergleich, der deutsche Schuldenberg liegt derzeit bei etwas mehr als zwei Billionen. Jeder Deutsche, egal ob Säugling oder Rentner ist um 25.000 Euro betrogen worden, für die er zeitlebens auch noch die Zinsen bezahlen muß. Vergleichsweise billig sind die Chinesen davongekommen, denn man hat ihnen nur etwa zweieinhalbtausend Euro abgenommen für den Reichtum ihrer Führung. Auf der anderen Seite sollte man weder vergessen, daß man mit einer derartig großen Geldmenge das politische Geschehen weltweit ändern kann, wenn der Börsenberater eines Bill Gates niest, hat die amerikanische Börse eine Grippe, noch, daß dieses Geld sich mit vier Prozent pro Jahr wie langfristig verzinsen muß und wird. Bei einer Menge von zwei Billionen entspricht das immerhin achtzig Milliarden im ersten Jahr. Im zweiten Jahr müssen bereits wieder für diese achtzig Milliarden vier Prozent erbracht werden. Und so weiter und so fort. Zinseszinsberechnung nannte man das früher und stand auf dem Lehrplan. Heutzutage gibt es das nicht mehr. Ebenso wenig wie die Ausdrücke nominal und effektiv.

Demgegenüber steht die reale Geldmenge. Diese bezeichnet die Menge an Geldes, die ein Mensch braucht, um am Leben zu bleiben. Die Dinge, die er nicht herstellen kann, muß er in geldwerten Dingen bezahlen. Das kann ein Peso, ein Yen, eine Krone oder ein Dollar sein. Diese Währungen sind dem Grunde nach nicht vergleichbar. Ein Rumäne kann mit 100 Euro monatlich in Paraguay oder Thailand möglicherweise leben wie ein König und würde bei uns nur verhungern. An diesen Transaktionen gibt es immer nur einen Gewinner: Den Geldhandel.

Neben dem Handel mit Geld gab es ein zweites wichtiges Geschäft der Banken. Früher hießen sie Geldverleiher. Vor allem den Juden warf man immer wieder betrügerische Geschäfte und Zinswucher vor. Pfandhäuser. Menschen wie Egon und Edith Geerkens zählen die Wenigsten zu ihrem Freundeskreis. Wulff konnte sich glücklich schätzen. Andere waren und sind auf den Kapitalmarkt oder Kreditmarkt angewiesen.

Davon ausgehend, ich könne mit meinen Fähigkeiten nicht die reale Geldmenge verdienen, die ich benötige, um am Leben zu bleiben, gibt es verschiedene Möglichkeiten, dieses zu erreichen: Durch Raub, durch Erpressung, durch Vererbung, durch Betrug. Fähigkeiten kann man demnach nicht erweitern. Einschränkung kommt nur wenigen in den Sinn.

Mehrarbeit. Der Tag hat nur vierundzwanzig Stunden und verlangt heutzutage bereits von vielen einen 16 Stunden-Tag, um ihre Familien oder ihre Kinder zu ernähren.

Früher konnte ein Mensch mit großen Fähigkeiten so viel Geld verdienen, daß er die Menge Geldes nicht benötigte und etwas übrig blieb. Dieses Geld trug er in der Regel nicht mit sich herum und brachte es so im Laufe der Zeit zu den Banken. Banken sind wie Makler. Sie haben nichts und vermögen nichts. Aber sie wirken in ihren Anzügen, wie Totengräber, immer vertrauenserweckend. Sie besaßen – aus dem Verb sitzen – auf Geld, welches andere haben wollten. So nahmen sie den einen und gaben den anderen und verdienten gut daran. Mit frommen Bibelsprüchen hat das nichts zu tun. Obwohl sie uns in der Finanzkrise erzählt haben „geben sei seliger denn nehmen" und Frau Merkel das Verschenken unserer Steuergelder alternativlos nannte.

Nun ist es so, die Gier hört nimmer auf oder genug ist nie genug.

Was ist, wenn dem Oheim das ihm anvertraute Geld des Mündels abhanden gekommen ist durch Spekulation, Spielsucht oder Prasserei?

Wie soll man sich einschränken, wenn man erst einmal den süßen Duft des Reichtums gerochen hat?

Wie sagte der kleine Häwelmann: „Mehr, mehr, mehr!"

Wo beginnt die Sucht? Bei der ersten Zigarette, beim ersten Glas Wein oder bei dem ersten Gewinn?

Wie kann man die Torte teilen? In vier große Stücke oder in sechzehn kleine? Was bringt mehr Gewinn? In die Sahne eingearbeitete Luft erhöht das Volumen. Mehr Schein als Sein. Zumal Luft nichts kostete. Von heutigen Emissionsrechten abgesehen, aber sogar mit denen konnte man ebenfalls gut betrügen.

Wenn die Torte aus vormals wertloser Luft teuer verkauft wird, kann doch auch versucht werden, das vorhandene Geld aufzublähen und mehr als einmal zu verleihen? Dann würde es doppelt so viel Gewinn abwerfen. Wenn man zudem die Zahlen fälscht, wie es die HSH Nordbank tat und Steuern bekommt, anstatt sie zu bezahlen, füllen sich ebenfalls die Kassen. Durch eine Manipulation der Libor-Sätze, wie es u. a. die Deutsche Bank tat, hört das Geldverdienen niemals auf. Jeder Bewerber mit einem nicht vorhandenen Risikoverständnis hat so in den letzten Jahren Karriere im internationalen Bankengewerbe gemacht. Milliardenverluste bei Zockergeschäften z. B. eines Jerome Kerviel bei der Société Générale wurden unter den Steuerzahlern aufgeteilt durch Abschreibungen. Einer Schuld sind sich alle Banker niemals bewußt, leben sie doch gut mit und von unserer Schuld.

In einer kleinen norddeutschen Kleinstadt, in der die Welt noch in Ordnung zu sein scheint, oben ist noch oben, der Herzog wird noch mit seiner Durchlaucht angesprochen und die Stadtvertreter dürfen ungestraft auf den Behindertenparkplätzen ihre Wagen abstellen. Unten ist noch unten, Sozialhilfeempfänger werden durch die Tafel versorgt, wie früher durch die Armenspeisung. Es hat sich nichts geändert.

Doch, eines hatte sich geändert. War es früher nicht möglich gewesen, nicht durch Geld und gute Worte und nicht durch die Zugehörigkeit zur Schützengilde die Vermögensverhältnisse anderer zu erfahren, so hatte man sich in der heutigen Zeit durch das Antragen der Rotarier-Mitgliedschaft die Herren

Bankdirektoren gesichert und sich so Zugriff auf persönliche Bankdaten verschafft.

Nun war durch eine kleine Unachtsamkeit eben dieses publik geworden, indem eine klagende Partei sich darauf berief, es handele sich bei den Nachbarn doch keineswegs um Eigentümer sondern lediglich um die Besitzer einer Immobilie. Die Immobilie sei immer noch Eigentum der Banken und aufgrund seiner guten Verbindungen zu denselben, Hochmut kommt bekanntlich vor dem Fall, sei man nicht bereit, sich nicht so, also standesgemäß, geschäftlich zu verbinden. Da man im Falle der Insolvenz die Hauptlast zu tragen hätte.

Nun war es so, daß man in früheren Zeiten, nach einem Fehltritt, in eine höhere Stellung aufstieg. Der Lehrer eines Jungengymnasiums war für den Selbstmord eines Schülers verantwortlich und wurde nach dem Bekanntwerden dieser Tatsache zum Bankdirektor ernannt. In dieser Form ist das heute, im Zeichen von Internet, kaum mehr möglich, gesellschaftlich zu verschwinden.

Der Ehrenkodex dieser Verbindungen duldet keinen Rücktritt, keine Enthebung.

Wenige Tage nach dem Skandal erschoß sich einer der beiden Bankdirektoren. In einem Abschiedsbrief machte er den ehemaligen Vorsitzenden für seinen Tod verantwortlich. Die Familie machte das Schreiben öffentlich. Dieser bestritt natürlich jegliche Verantwortung, trat aber dennoch von allen ihm verbliebenen, gut bezahlten – und es waren dieser viele – Vorstands- und Aufsichtsratsposten zurück.

Der zweite kam bei einem Bootsunfall auf der Förde bei einer Regatta-Begleitfahrt mit der bankeigenen Motoryacht ums Leben.

Polizeiliche Ermittlungen wurden nie aufgenommen.

Von A bis Z

Ängste. Aggressionen. Affekt. Abstraktionen. Abhängigkeiten.
Aberglauben.

Zwänge.

Oder führt der Zwang uns auf dem Weg?

Findet man bei Freud, bei C. G. Jung den Auslöser für Zwänge?

Ist es Aberglaube? Glaube?

„Der Herr wird dich führen." Wohin?

„Folget dem Herrn!" Welchem?

Kann im Zeichen der Emanzipation auch der Frau gefolgt werden?

Oder kann man seinen Weg selbstbestimmt gehen?

Selbstbestimmung. Selbstwert. Eigenwahrnehmung.
Verantwortung.

Zu all diesen Dingen gehört Mut.

Wer an einer Massenhinrichtung teilnimmt, gehört zu den Tötenden oder den Getöteten. Mehr Auswahl hat der Mensch nicht.

Wer das Aufdrehen des Gashahnes verweigerte, landete bald selbst in den Verbrennungsöfen. Reicht das als Entschuldigung für Mord an Millionen?

Es geht immer nur um das Eine: Die Angst vor dem Tod.

Russisches Roulette.

Niemand kam aus dem Totenreich zurück und dennoch gibt es Sagen und Mythen dazu in milliardenfacher Zahl. Jeder Mensch hat seine eigenen Gedanken. Tod ist unausweichlich. Tod kommt auf uns alle zu. Auf arm und reich. Ist Tod das Ende oder ist Tod Aufbruch? Ist Tod der Anbeginn der Glückseligkeit? Machen wir alles nur, um dem Tod gedanklich zu entrinnen?

Jeder Mensch hat Angst vor dem Tod. Am meisten Angst haben die Reichen und Mächtigen. Je mehr ein Mensch sich fürchtet, desto mehr wächst er über sich hinaus.

Warum kann ein Vergewaltigungsopfer dann nicht über sich hinauswachsen und seinem Peiniger entkommen? Oftmals nur, weil Frauen den Männern körperlich unterlegen sind.

Ein hochrangiger Polizeiausbilder antwortete mir einmal auf die Frage, ob ein Schwarzgurt im Jiu Jitsu nicht dazu befähige, sich gegen einen angreifenden Mann zu wehren, mit einem klaren Nein.

Ein Hufschmied war in eine Kneipenschlägerei geraten, griff sich seinen Angreifer und ließ ihn am ausgestreckten Arm solange zappeln, bis der sich beruhigt hatte.

Die Kraft, die sich dem Menschen entgegenstellt, überwindet auch psychische Barrieren oftmals nicht.

Hat das Kind gelernt, sich dem despotischen Vater unterzuordnen, gelingt es ihm später auch nicht, dieses Verhalten zu ändern.

Es gibt sogenannte Opferstrukturen, die ein Mensch aufweisen kann. In der Tierwelt ist es das hilflose Wesen oder das verbrauchte alte Tier. Krankheit, Verletzungen machen das Tier zur leichten Beute.

Der Mensch empfindet Mitleid mit Kranken, Armen, Schwachen. Die großen Kulleraugen einer Babyrobbe lösen unseren Beschützerinstinkt aus. Der Eisbär sieht darin nur ein gutes Essen. Ähnlich einem katholischen Geistlichen.

War es zur Fastenzeit verboten, Fleisch zu essen, tötete man kurzerhand ein Muttertier und aß das ungeborene Lamm, da es sich hier im christlichen Glauben noch nicht um Fleisch handelte. So einfach kann man Gesetze umgehen. Der gebildete Mensch kann das. Und nur er kann das. Deshalb ist es so wichtig für die herrschende Schicht, Bildung nicht weiterzugeben.

Zusätzlich wird das Denken durch immer perfidere Filme und Werbung in Bahnen gelenkt, aus denen der Mensch zeitlebens nicht mehr entrinnen kann.

Der in der Kinderkrippe aufgewachsene Bürger der DDR, kann ein Kind in Eigenverantwortung nicht erziehen. Er hat es einfach nicht gelernt. Studien belegen, ein Kind, welches in einer Gruppe mit Kindern ohne Sprache aufgewachsen ist, wird sein ganzes Leben nicht mehr sprechen lernen. Das ist eine Tatsache.

Ein Mensch, den man der Familie entnommen hat, kann nicht in die Familie zurückkehren. Es ist ein Lebensgefühl, welches sich nicht entwickelt hat. Ein Mensch, der kein Mitleid empfunden hat, kann dieses später nicht mehr entwickeln.

Ein Mensch, der seines Geldes wegen geliebt wird, wird niemals Liebe zu sich selber oder anderen entwickeln können. Sexuelle Abhängigkeiten, Sadomasochismus können entstehen und erfordern eine immer höhere Reizschwelle.

Falsche Gefühle entstehen durch die Eigenwahrnehmung im Verhalten der anderen. Eltern, Großeltern, die sich nichts so sehr wünschten wie einen Stammhalter, einen männlichen Erben, damit ihr Geschlecht niemals ausstirbt.

In Indien hat gerade die Gerichtsbarkeit eines kleinen Dorfes die Massenvergewaltigung einer jungen Frau angeordnet, die mit einem verheirateten Mann ein Verhältnis hatte. Diese Frau ist von zwölf Männern vergewaltigt worden. Niemand fragte nach der Schuld des Mannes.

Junge Katzen werden bei uns in der Regentonne gleich nach ihrer Geburt ertränkt. Sofern sie nicht von katholischen

Priestern vorher gegessen wurden. In China stehen Katzen auf dem Speiseplan wie Ratten oder Kaninchen und Hunde. Gibt es keine chinesischen Priester?

In Indien werden weibliche Babys gleich nach der Geburt ertränkt, weil man Frauen als minderwertig betrachtet.

Auf Mallorca, der deutschen Ferieninsel Nummer eins war es Mitte der siebziger Jahre spanischen Frauen im Hinterland immer noch verboten, Gaststätten aufzusuchen.

Deutschland geht den Weg gerade zurück zum Unwert der Frauen und schließt auf der Ferieninsel der Reichen, die scheinbar niemals schwanger sind, die geburtshilfliche Abteilung der Klinik in Westerland. Wer will es den Männern verdenken, wenn es lediglich einer Alice Schwarzer überlassen wurde, für die Rechte der Frauen einzutreten.

Vor Jahren erlag ein elfjähriger Junge seinen schweren Kopfverletzungen, die er sich bei einem Zusammenstoß mit einem PKW zugezogen hatte. Kinder und Jugendliche suchen täglich - nicht nur - ihre körperlichen Grenzen. Dieses Kind war, wie viele andere auch, mit seinem Fahrrad eine abschüssige Straße hinuntergefahren, die in einer Vorfahrtsstraße mündete. Jeden Mittag, trotz Warnungen und Verboten seitens Lehrern und Eltern, wiederholte sich das Spiel. Gewonnen hatte, wer als letzter bremste. Er bremste zwar als Letzter, doch der Stärkere gewann. Das Auto. Schwerverletzt kam das Kind auf die chirurgische Station. Nachts kam es zu Hirnblutungen. Man flog ihn noch in die nächstgelegene Uniklinik, wo er jedoch seinen schweren Verletzungen erlag.

Er war ein Einzelkind. Die Eltern konnten und wollten seinen Tod niemals akzeptieren und verklagten jahrelang den Chefarzt der Chirurgie, der später an einem Krebsleiden verstarb.

Ein mit dem Fall vertrauter Kinderarzt sagte mir hierzu, ein Elfjähriger ist weder Fisch noch Fleisch, er ist ein Jüngling und hätte zur Beobachtung besser auf die Kinderstation anstelle der Chirurgie gehört, da die Anzeichen für eine Verschlimmerung des Krankheitsbildes hier besser hätten ausgelesen werden können. Ist der Faden unseres Lebens wirklich aus so brüchiger Seide? Oder ist es Schicksal?

In derselben Klinik, inzwischen von einem der fünf großen Klinikbetreiber aufgekauft und mit chirurgischen Chefärzten versehen, die Rechte, die ihnen nicht zustehen, mit dem Satz einfordern „irgendwann liegen Sie auf meinem Tisch", kam es Jahre später zu einem ähnlichen Vorfall. Bei einem epileptischen Anfall war die junge Frau mit dem Kopf auf die Badezimmerfliesen gefallen. Der Arzt in der Notaufnahme sah von einer Untersuchung ab, da er die Mutter nicht verstehen konnte. Er war Türke und hielt allem Anschein nach mehr davon mit Männern zu kommunizieren, da er Frauen als unwert und nicht gleichwertig empfand, was er die Mutter auch sehr bewußt spüren ließ, indem er Fragen nicht beantwortete, sie nicht ausreden ließ. Menschen mit Epilepsie hielt er nicht für überlebenswert. Verordnete Medikamente konnte er nicht zuordnen und mußte immer wieder nachlesen, worum es sich handelte. Von einer körperlichen Untersuchung nahm er völlig Abstand. Möglicherweise war er dessen genauso wenig fähig, wie der Pharmakologie oder der deutschen Sprache. Diese Patientin hatte eine schwere Gehirnerschütterung erlitten, wurde aber ohne Diagnose ins Zimmer verlegt und nicht überwacht. Eine neurologische Station wurde nicht vorgehalten, ein Facharzt nicht hinzugezogen. Am nächsten Tag sollte die Patientin entlassen werden. Da sie sich ihres Krankheitsbildes genauso wenig bewußt war wie die behandelnde Stationsärztin, ging sie wegen der bevorstehenden Entlassung noch duschen, bevor sie zusammenbrach. Erst mit dem Einschreiten der Mutter begann sich die Klinik zu kümmern.

Ein Einzelfall? Wohl kaum. Die Zahl der Behandlungsfehler hat inzwischen einen zweistelligen Anteil an den Behandlungen erreicht.

Tod und Sterben lösen immer Reaktionen aus. Beim Menschen. Beim Tier nehmen wir es hin.

Kürzlich kam es zu einer Demonstration in Simonsberg gegen den Bau einer geplanten Schweinemastanlage. Es ging um Windrichtungen und Geruchsbelästigung. LKW-Aufkommen durch Anlieferung von Futter von z. B. Harles und Jentzsch, bekannt durch ihre Verarbeitung von mehr als dreitausend Tonnen Dioxin, die sie Tierfutter beigemischt hatten. Es ging um Gülle, die ausgebracht werden würde. Aber es ging niemals um die Schweine. Es ging niemals um Lebewesen, die zusammengepfercht ihr hundert Tage dauerndes Martyrium erleben müssen, bevor sie schlachtreif sind.

Haben die Aufseher in den KZs ihre Artgenossen ähnlich gesehen? Unwert?

Und dennoch haben sie noch heute, über sechzig Jahre nach Kriegsende, Angst vor Verfolgung, wie das Verschwinden des Berichtes über Edo Osterloh im Schleswig-Holstein-Magazin aus dem Januar 2014 zeigt.

Müssen, wollen wir Hans-Adolf Asbachs Vergangenheit beleuchten? Beschäftigung von Zwangsarbeitern? Durchsetzung deutscher Politik im besetzten Polen? Ermordung von Juden? Nachbarschaftstratsch! Weiter nichts.

Nach dem Krieg hat man natürlich die Großen laufen lassen und die Kleinen nicht gehängt. Man brauchte jeden Mann im neuen Staat. Frauen hatten nichts zu sagen. Der Mann war das Maß aller Dinge. In einer Zeit, in der es zu wenige Männer gab, nahm man natürlich, was man kriegen konnte. So wurden die genommen, die da waren und das waren die, die überlebt hatten, weil sie an den Schaltstellen der Macht gesessen hatten. Noch heute ist ein Aufarbeiten der Gräueltaten nicht möglich. Wer will schon in die Schlagzeilen geraten, wenn man in der Straße mit dem falschen Namensgeber wohnt, im Studentenwerk eben dieses Haus als Adresse angeben muß, wenn es sich bei dem Namensgeber möglicherweise doch um einen Kriegsverbrecher gehandelt hat? Kriegsverbrecher? Nazi?

Ist die Todesstrafe nicht doch vielleicht gerecht? Oder überwiegt der Gedanke, was könne die noch ändern?

Amerika will mit der Todesstrafe abschrecken. Deutschland geht einen anderen Weg. Wer Juden, Andersgesinnte, politisch Andersdenkende einfach töten ließ, immerhin tat man es ja nicht selber, muß ja hinterher sich nicht schuldig fühlen. Der Schlachter tötet das Schwein. Nun, wo es tot ist, kann man es auch essen. Wäre doch schade, es umkommen zu lassen. Die zweite Antwort, die jede weitere Argumentation stoppt, heißt: Ihr wart ja nicht dabei!

Löste der Zwang zum Überleben in einer Zeit der Reparationszahlungen an Frankreich so viel Hunger aus, daß der Mensch zum Tier wurde? Der Mensch zum Menschen. Denn das Tier tötet nicht aus menschlichen Gefühlen heraus. Laufen wir durch die Zahlungen an die EU geradewegs in dieselbe Falle? Was ist, wenn uns nichts mehr bleibt?

Wird Hass wieder so groß, daß die Abstraktion unser Denken bestimmen wird? Das Tier, welches wir totfahren, ist schuld an seinem Tod. Erst wenn es das geliebte eigene Haustier ist, welches tot am Straßenrand liegt, zerfetzt von der Wucht des Aufpralls, wird der Täter für uns zum Mörder.

In unseren Aggressionen verlieren wir die Kontrolle über unser eigenes Handeln. Affekt genannt.

Der Abschuß eines Flüchtenden ist heute richtig, morgen falsch. Wie können wir nur damit leben?